◆◆ 中国文学名家小小说精选丛书

最美的年华遇上你

张军兰　著

江西高校出版社
JIANGXI UNIVERSITIES AND COLLEGES PRESS

南　昌

图书在版编目（CIP）数据

最美的年华遇上你 / 张军兰著 . -- 南昌 : 江西高校出版社 , 2025.6. -- (中国文学名家小小说精选丛书). -- ISBN 978-7-5762-5596-6

Ⅰ . I247.82

中国国家版本馆 CIP 数据核字第 2024C8P651 号

责 任 编 辑　游浩文
装 帧 设 计　夏梓郡

出 版 发 行　江西高校出版社
社　　　　址　江西省南昌市新建区工业二路 508 号
邮 政 编 码　330100
总 编 室 电 话　0791-88504319
销 售 电 话　0791-88505090
网　　　　址　www.juacp.com
印　　　　刷　鸿鹄（唐山）印务有限公司
经　　　　销　全国新华书店
开　　　　本　650 mm×920 mm　1/16
印　　　　张　13
字　　　　数　160 千字
版　　　　次　2025 年 6 月第 1 版
印　　　　次　2025 年 6 月第 1 次印刷
书　　　　号　ISBN 978-7-5762-5596-6
定　　　　价　58.00 元

赣版权登字 -07-2024-982

CONTENTS
目 录

最美的年华遇上你

◀ 天上掉羊腿

都说坐办公室舒服，可小吴在办公室里坐得心烦意乱。这不，各科室的招待费也取消了。

小吴从办公室走到了工地，他是再也坐不住了的，工地上事多人少，可偏偏民工不好请，大多数被别的工地请走了，小吴好不容易遇上了几个民工，小吴说，兄弟，想挣点钱吗，给个事你做。本来是自己找民工做事的，可小吴偏说，给个事你做。这样，民工们听着这话也舒服，对他点头哈腰的。每天，小吴把价钱压得很低，民工们说，只要马上可以拿到现钱，低一点也没问题。可小吴说，工钱嘛，等资金一到立马付钱。也行，至少是立马付钱。民工们听了也喜欢。

小吴接到电话的时候，已近下班的时间，正昏昏沉沉地从工地往办公室走。有酒喝的日子，小吴把头喝得昏昏沉沉的，没酒的日子，小吴的头更是昏昏沉沉的，要知道单位上资金没到位啊，能克服就克服一点吧。

电话是许大强打来的，许大强说，快来我这里喝酒，我这里有一条烤羊腿啊。许大强的口气就好像是那条羊腿突然从天而降，恰巧落在了他怀里一样，那口气仿佛是说，要是小吴来迟了，那羊腿就会自己跑掉一样。

小吴一下子来了精神，一溜烟地赶到许大强家里，那风风火火的样子就像是某个工地出了安全事故一样，小吴在最短的时间里赶到，小吴惊人的速度，还得了领导好几次表扬呢。

羊腿和着几杯洋酒很快到了肚子里，小吴和许大强的话就多了，小吴说，好长时间没下饭馆了，单位资金短缺啊，不过，这只羊腿的味道比在饭店里的工作餐好多了。小吴抹了抹油腻腻的嘴，叼起一根烟慢悠悠地吐着。

兄弟，有羊腿了我喊你，不过，要你给个事我做。许大强不紧不慢地说。

小吴觉得纳闷，难道许大强几杯酒下肚就醉了不成，怎么找自己要事做呢，许大强可是下属单位坐机关的，当初毕业后，两人同时分配了，只是许大强比自己差那么点运气，他虽然比自己能力强，却分到了下属单位一个办公室去了。

小吴说，兄弟，我给的事都是给民工们做的，难道说，一只羊腿和几杯洋酒就让你醉得不知道自己身份了，把自己变成了民工不成。小吴不屑地哼了一声。

许大强把嘴凑过去贴在小吴的耳朵边说，我是想帮头儿做些私事。

原来是这样呀，小吴一拍大腿，这事包在我身上了。小吴对许大强拍板是拍习惯了的，他喜欢对下属单位的人拍板，就像许大强喜欢拍上级领导的马屁一样。

不就是想巴结头儿吗，直说呀，还绕了这么大一个弯子。小吴想。不过，这段时间，头儿还真的想找人做事，做什么呢，头儿在山上买了一块地想开荒种树，可是把山上那些坚硬的石头整平都困难，就别说种树了，这不，没有机械设备，正愁着四处打听呢。

许大强隔三岔五地请小吴喝酒吃羊腿，小吴终于抹了抹嘴说，明天你把挖掘机开到山上去，我们头儿在那里。

许大强把挖掘机开去的时候，头儿正吃力地指挥着民工，许大强开着挖掘机三下五除二就把那块地摆平了，事情做完之后，许大强又亲自用铁锹把那块地磨得平平整整的，现在，那块地就像一份完美无缺的答卷在头儿眼中显现。那时，许大强的汗水正顺着脸颊往下淌个不停。

许大强很卖力，头儿很感激，问，你叫什么名字。我叫许大强，是下属单位的职工。

嗯，好的，你明天把车开到单位来找人教科长。

小吴在工地上挥汗如雨，他很久没有等到酒和羊腿了，他很久没回机关坐办公室了，工地上要加快进度，小吴一分钟也不能离开，偶尔，小吴还会去请民工。只是，没有羊腿的日子，他有的是时间把民工的价格压得很低。单位上的资金依旧没有到位。

一天，小吴正在工地找民工，突然听到一个声音，兄弟，想挣钱吗？给个事你做。这本来是自己的专利语言，是谁这么大胆子冒用啊，小吴一抬头，呆了，那人不是许大强吗。许大强也在工地上了，朝他咧着嘴笑呢。这个地段的民工们都被我请了。许大强说。

原来，许大强得到头儿的赏识后，已从基层抽到机关办公室了，和自己一样正在下工地督办工作呢。对于许大强来说，那真是天上掉羊腿，这么大的好事就被他一个人接住了。小吴想，自己辛辛苦苦等待的那份羊腿怕是跑掉了，如同他在办公室的位置一样怕是摇摇晃晃了吧。

民工们开始吵着找小吴要工钱，小吴说，赶情单位那资金是用马车换羊车拖的了，在路上慢慢走呢，这不，都走了三个月了，还没走到，怕是走掉了一条羊腿吧。

都说坐办公室舒服，只是，小吴在办公室里更加坐得心烦意乱了，这不，对面的桌子成了许大强的了。

哎，天上掉下的那条羊腿怕是自己撞掉的吧，偏巧就被许大强接住了。小吴对自己说。

◂ 联系了你的司机

　　这是一个难得的周末，好不容易完成了一批迎检的项目，陈一自己给自己放了一天的假，带上老婆孩子准备回乡。

　　都说回乡的路不好走。可二愣说，他来开车。

　　二愣是陈一的司机，他本来也可以休息一天的，可人家二愣现在完全变了个人似的，他总是想得那么周到。

　　回乡的路是条年久失修的路，不好走，又要带孩子摘草莓耽误时间，陈一就答应了二愣。小孩子很兴奋，他很久没跟着父母出来了。

　　走在路上才发现，公路都打了补丁，雨水之后的坑洼都填平了，每个坑槽都填得四四方方的，平整干净。二愣开车跑得飞快。在一大片草莓地边，二愣的车子刚停下来，一个工人就把包装好的草莓扛过来了，草莓是用一个纸箱封着的，很精致，好像礼品一样。

　　陈一说，这些草莓我们要自己摘。

您哪有那么多时间自己摘呢，您不是很忙吗？你不是时间很宝贵吗？我们老板早让我们帮您摘好了，这都是在第一时间打包封箱的，新鲜着呢。二愣赶紧打开后备厢，叫工人们把草莓放进去了。

陈一不好说什么。就对二愣说，你看路都修好了，你自己还是找辆车回城吧，我们到镇上还要办点儿事情。

二愣还愣在那里，不知道陈一为什么突然改变主意了。

把二愣打发回去了，陈一才松了一口气。小孩子说，不是说好了要摘草莓的吗？谁让你买的。

草莓让工人们摘光啦。我们到镇上去买草蚂蚱去玩。陈一说。

修补后的公路很顺畅，不一会儿车就跑到了镇上，陈一刚把车停稳，就被阿源拦住了，他说，陈一啊，你可回来了，我在这里等你多时了，今天预订了午餐，说什么也要留下来吃了再走。

陈一听说吃饭，皱了皱眉头，平时在公司里，经常吃饭、陪客，那可是一个字，累。

见陈一面露难色，阿源又说，还有王五，福六他们都在往镇上赶呢，都是乡里的伙伴，你不会也不给他们面子吧。

你知道，我开车来的，也没带司机，是不能喝酒的。

兄弟，你不喝酒可以，你的酒我帮你喝。说完阿源自己跳到了车上。

还能说什么呢，陈一只有强装笑脸。

你不知道我们乡里的很多人都有了自己的公司，有的承包了荒山，养了鸡和鸭。阿源说得眉飞色舞。福六他们还说要带你上山参观他的鸡场呢。等会儿抓鸡，杀鸡，捡蛋，给你带些到城里去。

陈一有些着急，我还要回乡下去呢。不到城里的。

可阿源不管这些，他又打了几个电话，说已经接到陈一了，叫他们快点。

这不又要折腾半天，什么时候才能回乡啊。

阿源说，回乡很近啊，一会儿就能回的。

天都快黑了。陈一的车还在镇上。

兄弟，下回回来，一定要通知我，要不是事先联系了你的司机二愣，我们还不知道什么时候才能聚集到一块儿呢。我说，你回来，为什么要这么不声不响呢，是怕麻烦我们，还是怕日后我们麻烦你呢。

他们还在喋喋不休地说，天已经黑下来了。

小孩子闷闷不乐了，他没有摘到草莓，也没有买到草蚂蚱，一个人玩了一天的手机游戏。

乡里人睡得早，八点多的时候，很多老人们都该躺下睡觉了。陈一不知道自己回乡还是回城，这个点儿回去，怕是要吵醒父母了吧。前面的通村公路，变成了水泥路，早已告别晴天一身灰，雨天一身泥的现状。可陈一还是把车子调头开往城里的方向，一头是安宁寂静，一头是华灯初上，那才是乡里和城里的区别。

陈一把车子调了头，刚走了一会儿，就接到老父亲的电话，陈一啊，你不是说你中午就到了镇里吗？为什么等到现在还没回，你就是坐的马车也回来了呀。

路面畅通，可陈一的车还是在一个红绿灯处堵住了，有一辆车违规调头把路都快堵死了，陈一的心里更堵……

这是自己给自己放的一天假，可谁知道，回乡的路不好走啊。

陈一张了张嘴，可他发不出声音来，只有夜色中汽车的喇叭声又尖又大……

◀ 登 门

陈黑子长得太黑了，在村里，他一个知心朋友也没有，有时候他的心里和他的田里一样长满了荒草。

陈黑子你不会再变黑了，因为你再也不用种田了。村里人说。

为什么。陈黑子问。

你要发财啦，你还不知道吧，你的车棚要拆迁了，村里要建设小广场用，这下该高兴了吧。

陈黑子高兴不起来呀，他有一个车棚，又高又大的车棚，高过了他住的房子，在村里，有些突兀。不知道的人，还以为他的车棚里会停一辆豪车，但偏偏只是一辆又小又矮的三轮车。

那个车棚不值多少钱，但车棚前的一棵梨树是他全部的快乐。他想起春天的时候，梨树开得多招摇啊，要知道，村里梨子卖不出价钱，把梨树都砍光了，村里人都种别的发财去了。但只有在陈黑子家还能看到梨树，那时候，他家的梨花开得独一无二，成了一道吸引游客的风景。

村里人很嫌弃陈黑子，说他不够勤快，田里长了荒草他也不管，天天坐在梨树下浪费生命。

一些游客走在乡村，对他说，你这儿真美。有这么大的院子真美。就连家里的破旧的坛子和废旧的水缸，她们也称赞着。那些陌生的行人对陈黑子多么客气呀，说话也是小心翼翼的样子。过路的行人走在梨花下很陶醉，他也在春天很陶醉。

陈黑子，你开门。大个子多么野蛮啊，把门拍得山响，把他吓了一大跳。大个子踩着茫茫大雪来了，有时候踩着月光而来，他呼呼呼地敲着门，喊着陈黑子。开门干什么，不开，你是有困难才来找我的吧。陈黑子说。

大个子敲不开门，扯着嗓子喊，喊不开那扇门，大个子在门口站了会，自己就走了。

冬天的乡村太冷了，陈黑子还要出门到山沟里，到水库里，大冬天的，他要去打鱼。看到大个子走后，陈黑子缩了缩脖子，走进了冷风里。

这天，雪敲打着门窗，大个子也在敲窗，他丢掉了平时的野蛮敲得无比温柔，呼呼呼，像一声声问候。他的身上披着一层薄雪。

陈黑子，给你带东西来了。大个子在窗前小声地说，向他扬了扬手。

什么东西，带的铲车还是挖机？什么东西也不能进。陈黑子把门打开了，他冲出去要赶走大个子。陈黑子一开门，一阵冷风吹过来，把他吹得倒退了一步。大个子说，给你送点温暖，你看，这是什么，大个子从袋子里拿出一件棉大衣披在了他身上。

怎么会是一件棉衣？陈黑子笑了。冷风打在他的笑脸上。

山里太冷，在村里也没别的送的，我知道你有困难，但你从来不找村里麻烦。我们只好来登门找你。其实，每次来找你，你为什么要拒绝呢，一个冬天都要过去了，你再不收，冬天一过去，这件棉衣只怕就要浪费了。大个子说。

陈黑子以为他要说拆车棚的事情，可是大个子居然只字未提拆车棚的事情，还登门为他送来了棉衣。

那件棉衣是温暖，是火光，他陈黑子就是那只飞蛾，要向火中扑去。真的，他自己就是那只飞蛾，哪怕一点微光。在村里，有谁拿他当人看呢。有谁会关心一下他呢，他都快四十了，也没有讨到老婆，大伙投过来的都是耻笑的目光。现在，他感觉被人尊重了，被人记起了，真的，他的心里和这件棉衣一样，多么暖和。

陈黑子没事时，就去了田里，他铲除了那些荒草，他的内心和田地一样，多了一些舒坦，一些平和。

他穿着那件新棉衣走到人群中，别人问他，陈黑子，新买了棉衣？这不是买的，是大个子送的。他说得理直气壮。

大个子送棉衣是假，要拆你的车棚是真，大个子没告诉你吗？这话像冷水泼向了他。

他好几天没有理大个子，他没再穿那件棉衣。

陈黑子你穿得少，不冷吗？陈黑子，你这是要到哪里去。大个子老远就和他打招呼，可他遇上大个子像个哑巴一样。陈黑子竖起耳朵，也没有听到大个子要他拆车棚的事情。

陈黑子心里突然一软。村里有村里的困难，他记起大个子说过的话。

他看着他的车棚正好挡着那片空地。你们想拆的话就拆了吧。村里这几年发展也不容易，只是得把我的梨树留下。他对大个子说。

他想起春天，满树的梨花。走在梨花下的人群，多么热闹。

车棚拆的那天，挖掘机，人群都来了，很热闹，那棵梨树也搬家了，移栽在屋后显得有些落寂，就像他一样，人群散尽后，他也是落寂的。

村里人很奇怪，就这样拆了，为什么你不闹呢，一辈子老实巴交的人。他们为他愤愤不平。

棉衣，大家又发现了他的新棉衣，大家都围着他七嘴八舌。

你这个傻子，一件棉衣就换了你的车棚，还有那棵梨树，移到了屋后，那棵树能活吗？阳光照不到能活吗？它在屋后多么清冷啊。

他们送来了白眼，他们送来了讥讽。真的，村里只有大个子尊重他，老远又和他打招呼。

陈黑子的门口曾经多么热闹啊，挤满了人，有机械轰鸣，有欢笑，但也仅仅是那一次，成了他一生无比美好的回忆。

◀ 小　研
·················

新来的小研是个女的，公司唯一的女的，每天来办公室，都会为他泡一杯茶。

茶很热，他的心也热了。

那是第一次和小研聊天，有人走过来喊他魏总。原来你就是新来的魏总，这么年轻就成了总工了。小研说。这时候，他的心里多么喜悦啊，仿佛找到了从前丢失的母爱的赞许。

是的，他是父亲一手养大的。父亲说，是他给了他最好的教育。父亲最好的教育是什么，就是经常在洗澡时，给他来一个断水断电。

超过时间必须断水断电啊，我这不都是为了治疗你的拖拉症吗？

他哭笑不得。为了让自己回到书本中，透一下气都不容易啊，小时候那么多的补习班，他一点玩的时候都没有，每次冲澡时，他在水中多待一下，放松一下，哼哼歌儿，偏偏在自己最高兴的时候，世界一下子黑了。

每次面对黑暗，他把自己变成哑巴，然后默默回到书本中。唉，有什么办法呢，父亲和他约法的这一章是自己亲口同意的呀。

多少次，他从噩梦中惊醒。

现在，想起这些时，已过去好多年了。现在，自己空降到一个公司预备了总工的职务。他的父亲说了，没有从前的良好教育哪里有你的今天呢。

他的今天，因为有了小研，才是美好的。

是的，小研比他大，有时候没人时，他喊她研姐。

下雨的日子工地上干不了活，他坐在办公室里胡乱找了一张纸写了几个毛笔字。第二天，他的办公桌上多了几张宣纸，还有一支精致的毛笔。这是谁放的呢，平时，他自己的办公室可是从来不锁的，有时候，小研进来，她会说，魏总，这都是早晨打好的凉水，你每天一来只要按一下开关就可以烧开水了。有时候，她还会送上来一杯调得透明的葛粉，问他喝不喝。他的心里一下子温暖了。有时候大家早晨来上班时，各自都交换着自己带来的食物，有人带来西红柿，有人带来杨梅，有人带来黄瓜，都是当地产的，新鲜着呢。真的，这个季节的果实吃都吃不完，在这里上班，他找到了家的感觉。

家里的那个老头，他自己早就忘记了，直到父亲打来电话，臭小子，放假记得回来吃饭。

回到家里，看望他的父亲，他提了两瓶好酒往桌上一丢，回头就走了。父亲说，小子，你吃了饭再走。不吃了，还有事。你小子，不是我良好的教育你能有今天吗？一回来就走人，你这个白眼狼。

父亲看着自己的儿子是喜悦的，他那么精神十足，永远都有用不完的劲，尽管他已经老了，体力明显不如从前，但他多么有精神啊。

有时候父亲还会打电话让他回去帮忙扛东西。

这还需要自己扛吗？他一个电话就叫来了搬运工。

谁让你喊搬运工的呢，这才多重啊，你扛得动。

爸，我是靠技术吃饭的，不是卖苦力的。

你这小子，我那良好的教育都让你给毁了。

在家里，他的话也不多，爸，你现在还好吧，爸，我走了啊。每次就是这两句，回家后他几乎不吃饭就往公司赶。他希望时刻留在办公室里，以至于他可以提前完成好几天的工作。

小研会在某个时候为她办公室添置东西，有时就是一些不起眼的花草。有一次，他的办公室里竟然开了一朵百合花，整个楼道都是香的。他的心里更是满满的芬芳，但自始至终他没有说出那一句。

再等一等吧，也许可以等到小研开口的那一天。他对自己说。

这一天，端午节加班，早上小研为他带来了粽子，我自己亲手包的，你尝尝看吧，她说。她还为他剥开了，递到他的嘴边。

他想起了自己的母亲。他凝视着她，小研，我喜欢你。他想鼓足勇气说这句话时，一张嘴就吃到了粽子，他两口就吞下了粽子。他把要说的话猛地咽进了肚子。自己一直开不了口，好多次，他想向她表白，但她拿着文件匆匆忙忙离开了。有一次，他刚和她说完工作，她马上拿着文件走了，走得那么快，那么迅速，更像是逃离。难道她知道了他的内心？！

还等什么呢，那么就找同事帮自己说媒吧。向同事开口太容易了，他想起这些，心里满是喜悦。

其实，爱，为什么不自己说出来呢，人家小研已经订婚了呀。

哎，我的魏总，你就别当真了，这是职场你懂吗？小研为你做的一切，都是人家老总上面有安排的呢，给你最好的待遇，让你不要想着跳槽的事情呢。可你干嘛要自作多情呢。

小研给我们一起进来的好几个人都带来了花香，哪里是你才是她的唯一呢。

听了同事的话，他愣住了。

总是在自己最高兴的时候，世界一下子全黑了，和小时候父亲对他断水断电没什么两样啊。面对黑暗，还能怎么样呢，好在他已习惯，他和从前一样，把自己变成哑巴，然后默默回到工作中。

都怪自己从小的拖拉症。他苦笑道。

下班了，这次，他没有心情和大家一起去吃饭喝酒，他刷了一辆单车回到家里看望父亲，父亲说，怎么，良心发现，回来看我了。

我只有半小时吃饭时间，不然要断水断电的。

真的假的，难道除了我，还有谁要这样惩罚你。

不，是我自己惩罚的自己。

可你为什么要这样呢。父亲看着他离去的背影又惊又气。

魏总。他听到有人叫他时吓了一跳。

什么魏总魏总的，都怪你自己乱叫。我这不是预备的吗？还没转正呢。他纠正道。其实小研才是真正的总工呢。可是你们为什么从来不称呼她总工呢。

真的，这是他后来才知道的事情。

◆ 晒　脸
·················

这个七月的烈日真毒，王大明从黑沥青的公路上回来时，他的脸，也晒成公路上的黑沥青了。

同事们看到王大明坐到办公室时，好比瞎子看见了钱一样，刚刚闭着的眼睛全睁开了。

我说，你们这大白天的，把眼睛闭上做什么呀。王大明甩着身上的大包小包，一屁股坐在椅子上不解地问着。

王大明专程跑到基层待了半个月，这不，提了满满几袋子素材呢。

闭上眼睛养神啊。你走后，我们天天看报，聊天，睡觉。日子过得太清凉。是啊，空调的冷气让王大明感觉有些凉，王大明刚进来，汗水就熄了。

这办公室离群众的痛痒还真的很远呢。王大明甩出一句话。

我是不明白，为了完成几篇宣传任务，有必要和自己的一张脸过不去吗，瞧你，像个烧炭的了。同事们盯着王大明变黑的脸，全都咧着嘴在笑。

这公路就是我们的脸面，知道不，修路可以挣钱，咱这晒黑了的脸，它同样可以挣钱，它可不是白晒的。

王大明从基层回来后，把自己丢在文字里，他的宣传报道像雪片一样飞出去了。

王大明和同事们看报，聊天，睡觉。他等着那些上刊的报纸和稿费如雪花一样飞到办公室来。

一份样报飞来的时候，领导的严厉的目光也飞来了。王大明啊，你这篇报道太夸张了一点吧，不就是下了一点点小雨吗，怎么就是受暴雨冰雹影响，公路8小时才恢复交通了呢。以后，多注意吧。

你那是自找苦吃。你那几篇宣传报道领导都不看重呢，看来，你那张脸是白晒了。同事们说。

挨了批语的王大明，心里不是滋味。他记得，一个月前，吴站长打电话，叫他一定得下基层来一趟，说是受暴雨冰雹影响，交通中断，他们几天几夜没合眼……王大明去迟了，什么也没看见，不过，按照吴站长提供的材料，一篇宣传报道迅速地上了市级报纸。

有什么办法呢，这个月的宣传任务重了，他得全力完成啊。

办公室里，同事们开始分析，你这里连领导半个字都没提到。这能让领导满意吗？

这个月，王大明垂头丧气的。他摔了笔。

摔了笔好啊，王大明每天和同事们看报，聊天，睡觉。日子一混大半天。他那沥青一样的脸完全恢复过来了。和坐机关的人一样，白着呢。

这天，领导远远地喊，王大明，过来一下。

王大明心里咯噔一下，莫不是宣传报道又出了什么问题。他可是好久都不写宣传报道了。

进了领导办公室，王大明才松了一口气，领导一脸的和蔼，说，大明，好好干啊，你那篇宣传报道写得不错，继续努力。说完，领导还给王大明上了一支烟。

王大明有点意外，这究竟怎么回事啊。

一回办公室才什么都明白了，原来，那个宣传报道被吴站长当成附件一样附在了加班补助单上，这不，上级单位把加班费用给提高了。受灾的款也很快拨下来。这些，领导能不高兴吗？

可是，同事们窃窃私语，让王大明感觉有什么不对劲。

不知道为什么，王大明很想核实一下当时的情况，他把电话打到吴站长那里，吴站长，我想问你一下，那个月的公路真的是受暴雨冰雹影响吗，你们真的在公路上工作了那么长时间吗。

哪下什么冰雹啊，那些都是宣传啊，只要宣传得好，别人信了，才可得到资金啊。这不，加班费用都涨了，多亏了你的宣传啊……

王大明觉得自己仿佛被人卖了一样。心里堵得慌。他再次摔了笔。

王大明又下工地去了，烈日里，他丢下草帽，光着膀子和民工们一样，在阳光下暴晒，仿佛，那些阴暗的事物也暴晒在阳光中一样。他要把自己的脸晒成公路上真正的黑沥青。这回，他笔下的文字一定是经得起阳光的吧。

◀ T 形舞台

人生是一个 T 形舞台，本是一句比喻。柳秘书说。

可有人偏偏把它当成了真正的 T 形舞台，穿着艳丽的服饰在上面走着模特一般的步子。不知谁接了一句。

这时候喻扭着纤纤细腰向他们走来，扮着鬼脸，喻知道他们又在说她。喻走起路来总是一摇三摆，有时候办公室的男人就在想喻脚下穿的那小细高跟能否承受得起她那摇摆着的丰满臀部，她走起路来总会引得许多男同胞在后面拼命地议论。

一天就这样开始了。

我在办公桌上批阅柳秘书交过来的管理制度，这柳秘书也真会设计，偏偏把管理制度也设计成了 T 字形，左右上下用线条隔开得恰到好处。早上的办公室来来往往，有的等着汇报工作，有的等着报销条据，还有的和喻在一块说笑。突然，在一片嘈杂声，随着一声尖叫，我办公桌上的管理制度突然变成了一个女人丰满圆润的臀部，紧绷的牛仔裤立刻映入我眼前与这些严肃的制度显得实在太不合时宜，谁也没有想到，喻和别人打闹追逐，正好屁股落在我眼前批阅的制度上，简直太不像话了，要是平时我或许会来一句玩笑或调侃什么的，可现在是办公室，我又是这个单位的领导，那么多的眼睛齐刷刷地注视着我，有的已经忍不住笑出声了。我循声望去，这该死的喻，她居然还讪讪地笑着，由于平时服装就穿得太过艳丽、暴露，那些吊带衫、紧腿裤、高跟鞋，从远处看你还真以为她是个演员、模特什么的呢，可她是单位员工啊。由于我平时就对喻有点看法，正好这次找了个机会训斥她。我火冒三丈：

公司三禁五令严禁穿吊带衫、紧腿裤一些过于暴露和古怪的服饰，可你就是不听，依然我行我素。

公司三禁五令严禁打闹追逐，可你就是不听，和男同志在办公室推来推去的成何体统。

从明天起你不用来这里上班了，直接到生产一线报到。我说。

叫一个女子到一线上班，不到一个月她肯定跟非洲难民一般。有人很轻蔑地笑了。

想到这些制度上被一个女人坐过，这简直是对我的侮辱。这时又有几个职员窃窃地笑了，为此，我恼怒了一个上午。

第二天，我突然看见喻从外面迈着款款步子又来到了单位。我立即下了车，把她堵住。

不是昨天说过，叫你不来这儿上班的吗，怎么又来了，你现在就到一线报到去不许再来公司机关上班。不等她解释，我愤愤不平地上了车。

我的口气不亚于训斥小孩。想到她和男人推闹一屁股坐到我桌子上我就晦气。我有些迷信，只恨不能将我桌子换掉。

那天，我开车从工地经过，车子经过那条小乡道突然陷落在泥泞里，柳秘书赶紧打电话问是谁在工地负责，赶紧把铁锹拿过来，那天已到了下班时间，职工们都走了，可回去还要赶一个会议呢。我着急。

工地值班的还有一个人是喻。柳秘书说。

我不指望她。她肯定是恨透了我。其实我是怕喻来捣乱呢，为了上次的事她肯定对我耿耿于怀。我想。

柳秘书我们还是自己到工地去想办法吧，调用一个女子这么老远地扛把锹来也没有什么力气挖补。我给自己打了个圆场。

我接了几个电话，急得像热锅上的蚂蚁，远远地我看见一个人扛着铁锹来了，正欲松一口气，可我突然觉得不对劲，那人拿着一把锹却扭着模特一样地步子。竟是喻。我立刻提高了警惕。这次喻穿一身蓝色的工作服，脚上是一双平底旅游鞋。我对喻说，你回去吧，把锹留下。喻说，那怎么成呢，这是我的工作。喻跳入坑中很费力地填补着，身上脚上溅满了泥，当她终于成了一个真正的"非洲难民"时，我心里突然有些愧疚。

也许我是真正地谋杀了一个时装模特呢。没想到喻在工地的工作是那样地出色。我对自己做了深入的反思。

将管理制度定稿再次交给柳秘书执行的时候，它成了一个真正的 T 字形，左边右边被我用笔掏空了，只留了上面和中间的一部分。

我终于废除了那些不疼不痒的服饰管理制度，留下了切合实际的一些生产制度。

喻依然是穿着最前卫的服装在机关的各个角落穿行，在我的眼前穿行，在男人堆里穿行。

人生是一个 T 形舞台，本是一句比喻。柳秘书说。

可有人偏偏把它当成了真正的 T 形舞台，穿着艳丽的服饰在上面走着模特一般的步子。不知谁接了一句。

◀ 局长召见

．．．．．．．．．．．．．．．．．．．．

小今和往常一样把办公室的卫生打扫好，整理了一大堆文件，然后打开电脑赶写一份材料。

"小今、小今，过来一下。"局长急切地喊着。

办公室职员见局长和老鼠见到猫一样害怕。可小今不害怕局长，小今在办公室里不聊天、不品茶、不看报，每天上班后一头扎进工作中，把自己分内的事做得好好的，没事时她一个人帮她们三个人做事，忙得走路都是小跑。

小今就一路小跑来到了局长办公室，这被局长召见还是头一回想必不是件坏事。

"小今，你自己看看吧，局长丢给她一份职工考核评选表。"局长的脸色并不是小今想象的那样和颜悦色。

职工考核评选表中，没想到小今居然有三票不合格。

"小今啊，工作要做好，也不能忽略了人际关系啊。你看全公司职工中就你一个人有不合格的票。去吧，以后，多注意点。"

局长语重心长地说。

"我……"小今想申辩什么，却什么都没说出来。

小今回办公室后心里无法平静，她没有去工作，而是破例给自己泡了一杯龙井茶，要知道平时她是喝白开水的，小今把桌子上的文件材料也堆放到了一旁，摆了一份当天的晨报，小今拿起那张报纸足足挡住了半个头。

"小今，今天报纸上有什么新鲜事吗，你都快被报纸包住了。"小王说。

"哦。"小今把报纸拿低了点，其实报纸上说的什么她是一个字也没读进去。

"小今，我来帮你泡杯龙井茶，这倒茶是有讲究的。"小李也凑过来了。

小今说了声谢谢，继续埋头看报，懒得看她怎样去讲究倒茶了，据说倒茶前是要先洗茶吧。

"小今，你今天不帮我校对稿子了，我都有点不习惯了。"

"以后啊，还是各人做各人的事，免得把你们的事做了，别人说我在抢你们的饭碗呢。"小今说。

三个职员听了小今的回答不但没生气还对小今露出了难得的笑脸。

今天办公室的人都怎么了，平时好像小今欠了她们，一个个都冷冷地躲着小今。可今天她们一反常态。

办公室里平静下来。确切地说是小今的心情开始平静了。她不再那样忙碌了，学会了和办公室的人一起品茶、聊天、看报。

"小今、小今，到办公室来一下。"一年之后，局长又在喊小今。

小今的心里猛然一惊。如今的她也和办公室职员一样见局长和老鼠见到猫一样害怕了。这段日子，小今习惯了和办公室的人聊天、品茶、看报，整天混日子，工作效率低下。

局长不是说了要注重人际关系吗？可她还是为自己捏了一把冷汗，小今磨磨蹭蹭了半天，才敢进局长办公室。

看到局长的笑脸，小今终于松了一口气。原来，年底的职工考核评选，她居然从去年的最后一名跃到全公司得票第一名。这简直让人无法想象。

"好同志，进步很快的，去吧，把这些考评表拿去公布一下吧。"局长表扬了小今。

"局长召见就和市场的股市一样阴晴不定，没准你的心情和大盘走势一样来个剧烈震荡……"在办公室里小今和三个职员聊天时大谈感受。

聊天、品茶、看报。要是在办公室里不做这些，那还叫个办公室吗？小今终于明白了，这至关重要的人际关系和局长的召见，让小今的心情无法平静下来。

◀ 反 常

　　办公室最苦最累的人要数材料员王小平，单位上的人都知道他是个大忙人，知道又怎么样呢，顶多也就是看他忙的时候，嘴里感叹一声，王小平你简直比领导还忙三分啊。

　　堆积如山的材料中，领导一眼就看到了王小平的忙碌。

　　领导走进办公室，轻轻地拍拍王小平的肩，和蔼地说，王小平啊，针对这次机关改革裁员的事，好好地调查研究一下，写一篇论文交给我。

　　别说领导这么亲密地和职工接触，就连走进职工的办公室也是少有的事。可王小平清清楚楚地记得领导把自己的肩拍了三下，这三下仿佛拍给了王小平无穷的力量，王小平更忙了，他忙着四处收集资料，不到半个月，一篇关于机关改革裁员的论文吸引了领导的眼球。

　　王小平接过领导递进的烟和自己递出的稿子一样心中有些惶恐，只听领导说了声，行，你的意见我们全采纳了，领导把王小

最美的年华遇上你

平的肩拍了三下，这才让王小平安心了。

王小平从领导的办公室里出来的时候，是同事们发现的，怪了，单位上的都知道王小平是最忙的一个，怎么今天还舍得叼根烟！走得这么悠闲自在啊，在平时，王小平忙得走路都是小跑。

同事们正琢磨着，只见办公室主任在急促地奔跑，喊着，开会，开会，紧急会议。

有什么事情让办公室主任跑得跟兔子一样急呀，这真是有点反常的。

一定是合并科室裁员之事，办公楼里上上下下的人心里紧紧张张的。

会上，领导让职工们学习王小平的一篇论文。这学习的事一向是不重要的，和所有次一样，职工们个个没精打采的，可是学习到最后一个个都傻了眼，这论过来论过去的，无非就是要论证一件事实，那就是科室合并要裁员嘛。

合并就合并，裁员就裁员吧，偏偏拐了大半个弯用一篇论文来做引子。最后，领导强调，改革迫在眉睫。也就是说，最近，多余的人可以滚蛋了。

一篇论文过后，领导以为职工们要起哄，可台下安静得如一潭死水。看来，这篇论文起作用了。

你那哪是篇论文啊，简直是一把刀子，刷啦啦，把多余的职工们全刷回家了。会后，职工们愤愤不平地对王小平说。

也是啊，虽然自己一针见血地指出了单位存在的问题，可自己是对事不对人啊。

从此，职工们开始惧怕王小平手中的那杆笔。都躲着他。单位上要是有什么对职工不利的事情，他们总会把王小平指出来，说，天才的预言家预言的，你就认了吧。

改革顺利地进行着，王小平彻底地孤立着。

领导走过来又把王小平的肩拍了三下，领导说，王小平啊，坐。这次改革裁员多亏了你那篇论文啊，你看现在多好，改革那么大的事情，却没有引起一点儿风波。所以说，你的论文比什么都有力量。

我的论文还是没有领导的手掌有力量，领导把我拍得太高了。

是啊，只有职工拍领导的马屁的，哪有领导拍职工的马屁的呢。领导想。这样，领导再想拍王小平的肩时，突然就收回了自己的手。

领导说，我也是从办公室一个材料员坐到一把手这个位置的，等你和我一样，在这个位置了，你就可以随便拍了。一掌算一掌。

可是，王小平这一等，就把自己的一生永远等在材料员中了。以前的同事都成了领导了。只有王小平还在原地踏步。

只是，还可以看到王小平从领导的办公室走出来。

走出来的时候，王小平听到有人提着一段旧事说，看，王小平又去了领导办公室了。你们不知道，那一年的改革裁员王小平多威风啊，从领导办公室刚出来，领导把那么多的人都裁回家了，改革这等大事竟也可以这样平静地度过，那一场没有硝烟的改革战争，我算是幸存的一个了。

王小平听到这话的时候，一叠稿子正从手中掉下来，"叭"

一声砸在自己的脚上，像天上那一个惊雷，让自己的心微微地一震。

　　王小平抬头看看天，本来天气晴好，从哪里来的一声闷雷啊，这些事物让人感觉挺反常的。

◀ 茶色时光
·······················

空气里流淌着清香，水秀深深地吸了一口气，她泡好的一杯茶，没顾得上喝一口，径直走到水池边，让手里的抹布喝足了水份，她轻轻地拧着抹布，水珠子滴下来哗啦啦地响。

茶吧里要是没有水声和清香一定很沉闷，这不，茶吧里的音乐都是一曲高山流水呢。

高山流水迷知音，不知谁会成自己的知音。水秀低着头想心事，她挥着双臂轻轻地擦着临窗的八号桌面，其实桌子干净得一尘不染，但水秀每天都擦两遍的。

水秀偏过头时就看到了大门口的辉。辉朝水秀点头笑笑，早上好。

这句话应该是水秀先说才对呀，哪有客人先向自己问好的呢。众多的客人中，辉是唯一向她问好的人。

辉提着档案袋抖着书本，书本呼啦啦地掉在桌上，这个八号的位置就成他的了。

水秀，来一杯碧螺春。辉朝走廊里喊了一声。

现在的辉不喊服务员，却直接喊水秀。茶吧里的服务员都窃笑着推着水秀，快去呀，你的书生来了。

水秀就红着脸端着盘子，不紧不慢地走来，很自然地把一杯茶放在桌子上。辉年轻，帅气，和其他来喝茶的人不一样，怎么个不一样呢，反正水秀也说不清楚，好像他总是夹着几本书，一个人来，而且从来不把窗帘放下来，可见是个正经人呢。水秀这样给自己解释着。

记得辉来茶吧的第一天，也是坐着八号桌子，他端着一杯碧螺春偏着头问水秀，你是山里的人吧？

水秀闪着清亮的大眼睛说，先生，你是怎么知道的。

山里的姑娘承受过微雨清霞，沐浴过仙灵水秀，才会有着这样的素洁和淡雅。你看我手中的茶。辉晃了晃杯子。

水秀扑哧一笑，我就叫水秀呢。如果没猜错，你看的是诗歌刊物吧。

你怎么知道？辉疑惑着，他还没把书从档案袋里拿出来，她就猜出来了。真是好眼力。

水秀笑了笑没说话，提着水壶消失在走廊上，昏暗的灯光把她的背影拉得修长。

辉的目光就从书本上瞟向茶杯上，再从茶杯上瞟向走来走去的水秀的脸上，偶尔，和水秀的目光碰在一起，就多了一些内容了。

一连几天，辉都早早地坐到茶吧里，谁都看得出，辉是冲着水秀来的呢。

今天是你生日呢。辉从身后拿出一朵玫瑰继续说，等会儿，我的几个同学要来，我们一块喝茶，一起为你过生日的。

水秀的眼睛就亮起来了，忽闪忽闪地，眼神不掺任何杂质的那种，纯净得像一杯白开水，辉喜欢这样纯净的眼神。

水秀在对面坐下，辉又点了一壶玫瑰花茶，亲自为水秀倒了一杯。

玫瑰花优雅地在水中打开着，仿佛一段埋藏已久的话题正慢慢打开。

好茶需要好水。水秀提着壶往辉的杯子里加水。茶叶上下浮动着，像是谁的心事上上下下。

你就是水呢。辉微笑着，没有翻阅水秀的目光，故意去翻阅桌上的书。

上好的泡茶之水是雨水、雪水，露水。称之为天水。你看《红楼梦》里的妙玉用隔年雨水和多年梅花上的雪水泡茶呢。那才是真正的极品。

是啊是啊，辉不住地点头，这哪里是品茶，这品的是名著呢，这品出来的还有一份好心情。茶吧里，那曲高山流水轻轻地从耳边滑过，优美极了。

水秀。水秀。一个不合时宜的声音传进来，这声音一声高过一声，之高、之大、之响，把一曲高山流水都压下去了。

是山里的二姑来了，这会儿二姑来做什么。水秀伸出了头。

二姑提着一个大方便袋子张嘴就说，今天是你生日哩，你娘特意做了你爱吃的烤馍，俺从山里来赶集，顺便带过来了。

二姑满口的家乡话，噼里啪啦地说着，茶吧里的气氛一下子冷却了。

好、好。谢二姑。水秀接过二姑递过来的盒子，脸上有难色，她看了一眼辉，辉正端着茶杯把目光迅速地收回。

辉说，要不，一块坐下来喝茶吧。辉出于礼貌给二姑倒了一杯玫瑰茶。

二姑不客气地坐到了辉的对面，端起茶，一口气喝了个底朝天。

二姑，喝茶慢慢喝，别太喝急了。水秀小声地提醒着。

喝茶不就是解渴么，你再给我倒一杯，这茶好喝呢，还带香。

山里人毕竟是山里人。她们说的是家乡话，遥远的家乡话，辉一句也听不懂。辉接了个电话说，对不起，有事。

辉站起来的时候，腿不小心碰到了桌子，那朵玫瑰啪地一声被撞到了地上。桌子左右摇晃，茶杯里的水也摇晃。

辉慌慌张张穿过走廊，从没有过的慌张，辉一拐弯不见了。

桌上的茶还冒着热气，可人已离去。几本没翻完的诗选，被辉丢在了桌上，现在正灰溜溜地躺在那里。

水秀把桌上没喝完的茶直接拨进了水池里，可它发出的清香久久不散。

爱情有时间比一块毛巾更经不起茶色时光的熏染，拿出来时印着精致的图案，一转眼就是一块抹布了。

空气里流淌着清香，水秀深深地吸了一口气，她泡好的一杯茶，没顾得上喝一口，径直走到水池边，让手里的抹布喝足了水分，她轻轻地拧着抹布，水珠子滴下来哗啦啦地响。

◀ 王大明的大清早

　　大清早，办公室的人都喜欢拎着公文包噔噔噔地往办公室里跑，而王大明他也是蹬蹬蹬地往办公室里跑，不同的是，王大明拎着的是一个扫把，王大明的大清早是慌乱的。

　　这不，慌乱中的王大明把开水瓶都碰爆了，发出沉闷的声响，水，像小溪一样缓缓地流出。

　　不是有句话么，领导未到我先到。虽然办公室的人都不是什么领导，但在王大明眼里他们都是领导，谁让王大明只是一个勤杂工呢。试想，一个成天拿扫把的人能和办公室里那些拿笔杆的人比吗？自己明明就是这个办公室里最底层的人物啊，自然要最早一个来到，可偏偏失手摔了开水瓶，王大明赶紧用扫把挥着地面上的脏物。这些，在上班之前绝对要清除干净。

　　王大明心中的一些恐惧可无法清理干净。他仿佛看见办公室的人铁青着脸，狠命地吸着烟，背着手冷眼看着他，王大明心就战栗起来。

不一会儿，一号笔杆先来了，王大明喜欢这样叫他们。他看见一号笔杆一屁股坐在椅子上，可能是他身体太重，椅子都歪了一下，他可是这个办公室里重量级的人物，什么都得经过他手中的笔。一号笔杆一回头，发现王大明正窘迫地站在，他对王大明咧开嘴笑了一下，开水瓶摔了啊，没烫着吧。

看惯了一号笔杆严肃的脸，原来，一号笔杆的笑容也是无比亲切的。王大明的头摇得和拨浪鼓一般，说，没、没呢。王大明一抬头，看见二号笔杆一溜烟地跑进来了，他没坐下去就径直拿着茶杯去倒水，这才发现桌上只剩下一个空壳支撑在那里。他和颜悦色地对王大明，说，开水瓶是早该换了，旧的不去，新的不来嘛，你说呢，王大明。

王大明点头哈腰地答着，是是是。他有些受宠若惊。怪了，今天他们葫芦里卖的是什么药，居然还笑得出来。可想拿笔杆人的胸怀就是不一样。要知道，平时，他们那干巴巴的脸是一点水分也挤不出的。王大明心中的一块石头才落地了。

王大明没有多少文化，都快四十岁的人了还没有对象，领导为了照顾他，让他在这个办公室里工作，这不，几十年了，还是个勤杂工，办公室里的人需要他时，他们就吆喝一声，王大明把地上几个烟头扫一下。王大明帮我把文件拿一下。王大明跑前跑后，很少见到过别人的笑脸。办公室人不需要他时，王大明就待在那里。这一待，婚姻彻底地绕道而行了。

是单位上的考评，王大明才有机会坐在会议室里，会议室里烟雾袅绕，王大明就在那一团一团的烟雾中，把办公室的人画上一个鲜红的钩。那是一张张印着姓名的纸张。

中了，中了。一号笔杆拿着考评结果喜形于色，那高兴的样子简直就像自己中了五百万。王大明支着耳朵听，原来一号笔杆票数最多，中了第一名。二号笔杆差了一票连先进都没评上。下班后，一号笔杆喊了单位上的很多人出去了。他们是去庆贺的。看着单位上的人都走光了，王大明这才拿起了扫把，在楼梯和走道里打扫卫生。最后，王大明来到办公室里，他打开了灯，王大明惊奇地发现二号笔杆坐在宽大的办公室里，用一双冷冷的眼望着窗外，原来，他一直坐在那里抽闷烟。

二号笔杆的眼神从窗外移到开水瓶上。开水瓶像是被什么抽去了蕊一样，露出一丝无奈。

两个人都没有说话。王大凡不知道自己是该进去打扫卫生还是该退出来，总之，那么尴尬了一会。还是二号笔杆先忍不住了，去，把那个开水瓶的壳扔到垃圾堆里去，那声音忽忽悠悠柔柔软软地飘进王大明的耳朵里，王大明真不敢相信那是二号笔杆的声音，就是受到严重打击也不至于成这样了吧，声音有气无力的，王大凡听得不是那么真切。

还不快去，老子看见它就赌得慌。那声音一下子提高了八倍。对了，平时二号就是这么吼的。

我明天买个瓶蕊安上去，那个壳还可以用的。王大明这才回过神来可怜巴巴地说着。

二号笔杆眉头一皱，少废话。叫你扔你就扔。二号笔杆把头扭向一边。

这是干什么呢。一号笔杆不知什么时候折回来了，他是回来拿公文包的，没等一号笔杆进来，二号笔杆就从椅子上弹起来了。那张冰冷的脸马上缓和过来，一脸笑意地说，不知道得罪了哪些人，就差那么一票啊，我怎么也想不通的。

一号笔杆笑眯眯地拍着二号笔杆的肩，我就说过，叫你性格收敛一下，别太张扬，关键人物是要起关键作用的。一号笔杆用眼神指指王大明。

虽然刚走出办公室的门，但王大明还是感觉到那目光了。他拎着开水瓶的壳从楼梯慢吞吞地向下走的时候，觉得自己也和一个壳一样正被迅速地摔出门外。

第二天，王大明一大清早就拎着个新开水瓶噔噔噔地往办公室跑，新的一天又开始了。

◀ 体 面

　　大明拉开门的时候，很体面地理了理头发，我要出门。大明从门缝里甩出四个字。

　　语气坚决，几乎没有回旋的余地。

　　小娴正低着头，在卫生间里甩着拖把，水珠子溅起来，拖把就轻了，而小娴的心事却很重。她尖着嗓子对着门外喊了一句，就知道出门体面，不知道找个工作的体面。

　　门砰的一声关住，把小娴的声音关在了屋里，把大明蹬蹬蹬的脚步声关在了外面。

　　七月的太阳，像一个火球烘烤着大地。大明抬起手，用手背擦汗，他在一群光着膀子的民工，把一堆石子铲得哗哗直响。

　　手机响的时候，大明的心里咯噔了一下。是小娴的，偏偏是怕什么来什么。在做什么呢？小娴的声音很温柔。大明向前走了几步，避开人群，他也压低了嗓门说，我在应酬呢，在桌上应酬呢。

　　避开了人群，可是避不开工地上的瘦个子，他咧着嘴冲着手机大喊，大明在工地上和一堆石子应酬呢。

大明关了手机，白了他一眼继续干活。瘦个子不以为然地笑笑，问，谁呀。大明说，还能有谁，你嫂子呗。大明用锹把水泥地面铲得山响。哐哐哐。

大明把一沓钞票递到小娴手中，小娴把头一扬，吐出三个字，我嫌弃。

大明差点没晕过去，什么，嫌弃？还有女人嫌弃钱的吗？大明最后才明白，他是嫌弃他那份工作呢。这才又恭恭敬敬地递到小娴手上，说，这是上个月的工钱，四位数的。大明开了灯，伸出了四根手指头说道。

小娴还是一脸的不乐，说，这又是吃灰尘挣的钱吧，我宁愿你不去。

屋里的电扇不停地转，好像是施工场里的机械一样不知道停歇。大明对着小娴吹了一口酒气，说，你不让我出门不就是想让我辞掉那工作吗？我今天找了一份办公室的工作呢，放心吧，风吹不到，雨淋不到。应酬的时候，是大块吃肉，大碗喝酒。大明又对着小娴吹了一口气。

屋子里飘过若有若无的酒精味道。小娴感到脸上很烫。好像自己也喝过酒一样，她这才注意到大明回来时，还是早上出门时那身体面的衣服，没沾一点尘土的。小娴眉开眼笑，说，办公室里的工作够体面的。

小娴笑起来的样子让大明很开心。哪怕生活体面的背后是衣衫褴褛。

大明坐在沙发上把烟抽得咝咝作响，好像是终于脱离了工地的尘土和火辣辣的阳光进了办公室一样，他好久没这样开心了。

手机响的时候，大明很从容，他听到小娴的声音得像一丝风，从面前轻柔拂过，你在哪里的办公室啊，我想去看看你。

大明依旧躲开了人群，向前走了几步，捂着手机，小声地说，我正在桌上和客户应酬呢，不方便，等有时间了就带你来啊。

瘦个子这回听得明明白白，他冲着大明的手机大喊，他是在和搅拌机应酬呢。可那句话没传到小娴的手机里，被轰鸣的机械声淹没了。

瘦个子凑到大明的耳朵边说，现在告诉我，她是谁？是相好的吧。我看你很会应酬女人的。不过，当心，我哪天揭穿你。瘦个子很神秘地笑着。

揭谁呢，真是你嫂子呢。晚上下班的时候，大明和瘦个子喝酒。瘦个子说，看你请我喝酒的份上，我不揭发你。大明一摆手，你不懂，我喝酒是因为爱老婆。

喝酒和爱老婆有关系吗？哄谁呢，我可没喝醉。瘦个子一脸不屑。他看见大明换下了那身工作服，穿上了皮鞋和干净的衣服，又低头在水龙头下冲头发。

别以为，你换了马甲，就没人认出你是民工了。瘦个子已经看不惯大明了。

进门的时候，大明的头发没有乱，心里却有一丝慌乱。果然，小娴开口了，我明天要到你工作的办公室看看。

什么？明天，明天我要下工地去的。再说，那里的路不好走呢，你还是别去了。大明一头扎进卫生间，把水龙头开得哗哗直响。

工地上，灰尘把人的眼睛都蒙住了。大明，有人找。瘦个子的喊声像惊雷一样在炸。

大明吓了一跳，他正拿着一个馒头往嘴里塞，他的头发像吊兰一样，乱糟糟的。你能不能小点声，炸得人心里一慌一慌的，又不是你家里失火。

大明一抬头，看到小娴出现在工地上，馒头都掉在了地上。

小娴什么话也没说，转身走了。脚步轻巧，可大明的心里比压了一块大石头还重。

大明的眼睛盯着瘦个子，那眼光可以杀人了。瘦个子慌乱地说，不关我的事，我什么也没说。

完了，这工作杀了我老婆，我老婆小娴没了。听到大明的声音，瘦个子突然明白了，眼睛睁得和铜钱一样大。

大明回到家里，心里凉生生的，我同意，你什么都别说了。

你同意什么啊，小娴亲热地接过他的工作服说，今天怎么没把酒味带进来啊。我可是为你准备了酒。

桌子上有清炒木耳，百合莲子汤……还有一瓶啤酒。大明知道，那些菜是清肺的。大明咳嗽着，他这才想起来，自己有轻微的肺病。

这才是最体面的生活啊，现在，不都摆到桌上了吗。大明的眼里有泪在转。

◀ 李三斤和他的称呼

在乡里能得到大家的欢迎，是一件美好的事情，可是，李三斤是一个不受欢迎的人。

乡里人喊他乡巴佬。

是的，李三斤是个乡里人，可他不会种田呀，每天沉迷自己的世界，画画，喝酒，写毛笔字。他的一亩三分薄地，有时候，田里长着荒草。

村里人都富了，可李三斤还是富不起来。

这天，李三斤和村里人同去镇上吃喜酒，他开着三轮车去的，他的三轮车和乡村人开的小轿车停在一起，有些格格不入。

李三斤又穷又酸，还喜欢和人理论，很不讨人喜欢。

李三斤你站到别处去吧，你站在这里挡着我的光，也挡着我的运气了。坐在餐厅里打牌的乡村人觉得他碍眼。

运气是碰的，运气能挡吗？李三斤哈哈地笑着。

打牌的乡村人继续打牌，他们没有闲工夫和他理论。李三斤还在继续理论时，他听到有人喊他李老师。

站在面前的，是一个衣着考究的人，他介绍着自己，说是他的学生。

李三斤记起来了，是有这么个学生，那时他教小学，教书的时光，那是多么遥远的事情啊。

一个包装精致的礼盒就递到了李三斤面前。学生是当着大众的面送到他面前的，学生说了几十年没见到老师了，一点小心意请老师收下。李三斤推让着。但心里是欢喜的。这送的不是礼品，送的是他李三斤的面子。要知道，村里的人都不尊重他，给他取绰号，笑话他。

这时，一个打牌的人回过头来，说，李三斤还当过老师啊，既然是学生的，你就不要推脱，收下吧。

他们说，李三斤，来，到我旁边看牌，有人递过来一个凳子。他们甚至还让李三斤帮他打一圈牌换一下手气，真的，李三斤仿佛不那么让人生厌了。

村里的人好像突然变了，他们对李三斤客气了，他们的语气那么地平和，和往常大不一样。

在酒桌上，称作学生的人不断地介绍李三斤，这是我的老师。

学生是多么尊重他呀，学生转动着桌子把菜转到老师的面前，让老师先吃。桌上的人相互加酒水加饮料，变得斯文，和气，就连吃饭也细细地品了，而他的学生更是频繁地敬桌上的乡村人，敬了整整一桌子的人，敬到李三斤，学生说，这是我的老师，我的启蒙老师，我一生都不能忘怀。

真的，这是李三斤吃过的最文明的饭，没有吵闹声，没有嘲笑声，没有划拳声，仿佛大家都脱胎换骨了。

饭后学生请李三斤和自己合影，说要把合影传到小学同学群里让他们也看看小学老师。真的，李三斤好久没有这样开心过了。

学生是从市里来的，他要回去了。学生和李三斤告别。

他有情，我也有情。学生临走时，李三斤也为学生回了礼物，真的，那是他准备到镇上买种子的钱，李三斤全部给学生买了礼品。

饭后的李三斤两手空空地回村了。有人问，你买的种子呢，听说你把买种子的钱都用来送礼了，那你田里种什么呀，你来年吃什么呀。学生送你，是天经地义的事情，可是你也不用回礼的。

李三斤没有想这些，他想起学生的话，老师，您知道我最感谢您的是什么吗？小学那时，我个头太高，大家嘲笑我是大个子，喊我大个子萝卜，当别人都嘲笑我时，你制止了嘲笑，你说谁喊这个外号谁就去墙角罚站，是你给了我信心和勇气，因此我有了今天。

这——？！他结结巴巴地说不出话来，这些他真的忘记了。他只知道，现在全村的人喊他乡巴佬，嘲笑他，瞧不起他，说他又穷又酸……真的，是他应该感谢学生才对，是学生给了他十足的面子，给了他生活的信心。

后来的李三斤回到了田里，他振作精神地回到了田里，他放下了笔墨纸砚，他的桌上换成了种地的技术书。

李三斤碰上了好运气，别人田里都减产了，只有他的田里丰收了。

他秋收的成果，是把稻谷打成了米给市里的学生送去，当他把这袋大米扛在肩上，当他衣着整齐地出现在学生面前时，他多么希望再次听到李老师三个字，可是奇怪的是，学生对门卫说，那是我的乡亲。让他进来吧。真的，李三斤等了很久，不知道为什么，也没有等到学生喊他老师。

李三斤开着三轮车从市里回村了。他的三轮车停在乡村众多的小轿车中，就像个怪物。

真的，现在的乡里人不喊他绰号也不喊李三斤了，乡里人喊，李老师，把你的技术给大伙讲一下吧。

他明明是个乡巴佬，可大家称呼他李老师了，他自己都百思不得其解。

◂ 陈大的春风

同事眼里的陈大，有点不合群，现在，不合群的陈大，就连请大伙吃一顿饭，也成了一件难事。

大伙很纳闷，问，是有喜事？

这一问把陈大问着了，也没有什么喜事，就是接大家在一起坐一坐，增进感情吧。

大伙很怀疑陈大请客的动机，你看看我，我看看你，不是很乐意的样子。

只有小今翘着一根食指说，这不三差一吗。

不去。不知从谁的嘴里蹦出两个字，很坚决，很果断。仿佛去吃饭是给足了陈大的面子一样。

谁说三差一呢，我这不是还在打电话吗。陈大这句话很有力量，你看，他们的脚步都停下来了。

陈大请的三个同事都喜欢玩麻将，可是陈大不会打麻将，他们就没把陈大算进去。陈大就要再喊一个同事。

在走廊上打电话，陈大又打了六个人的，可还是没有人来，他们要么说自己有事，要么说，和这群麻友们不对路，要么觉得陈大接客有什么隐情，反正都来不了。

陈大就又想了一些人，可这些人平时不打麻将，只在一起养花种草。算起来，陈大的朋友还真不多，他唯一的爱好，就是把自己关在屋子里种花种草，偶尔约三两好友在一起喝茶聊天，他交的这些朋友都不爱好麻将，自然不会来。

陈大是个孤僻的人，他喜欢独来独往，就连上个星期住院，他也没惊动任何同事和朋友，一个人悄悄地来了。不过是耳朵边长了一个小瘤，不过是医生给他动了个小手术，可人生病了才知道朋友的重要性，这不，住在医院里多少有些孤寂和冷清。没有人来看他，他想起自己种的那些花草，怕是这一住院，那些花草也要干枯了。

陈大在单位自命清高，原来自己不过是一个无足轻重的人，一个可有可无的人。病友也问，你不是本地人？这边就没有一个亲朋好友？

陈大就说自己是个不合群的人，没有人喜欢他。

同事刘三带着康乃馨来医院时，陈大很意外，平时，他和刘三交往并不深，有一次还因为工作上的事情和刘三吵过架，可刘三不计较这些，他来陪了他好几个小时，陈大躺在床上不能起来，刘三还帮他翻身，抓背。

你在走道里种的那盆绿萝，已经长成精了，它的藤蔓从你办公室爬到我办公室门口了。你看，你种的植物去看我去了。刘三说。

陈大心里很暖和，很感动。

好几天没看到你人，问了你家人，才知道你住院了，你住院就住院，干嘛请的是事假，怕我们来看你呢，还是不愿意与我们为伍呢。刘三问得陈大恨不得有个地洞钻进去。

人在病中，才觉得感情是多么重要，以前都被自己忽视了。

陈大出院后就想接刘三吃饭，可他总不能接刘三一个人来吃吧，多少有点清冷。刘三喜欢打麻将，陈大好不容易喊到了两个麻友，可是，三差一啊，同事们不愿意去呢。

现在的陈大犯愁了，都怪自己平时不合群啊，请大伙吃饭也成了难事。

小今说，三差一还请啥客，散了吧。陈大眼睁睁地看着他们离去，竟然毫无办法。

人以类聚，物以群分。这聚不到一块儿的事，干嘛要强求呢。

可一心想接刘三吃饭的事情，成了陈大的心病。陈大回到家里依旧种花种草，却种不了春风。

现在，刘三就是他的春风。

一纸调令下来，陈大成了副科长了。这时，大伙都来祝贺他，小今伸出一根食指对着他笑眯眯地说，你要请客祝贺呢。

你们不是说三差一不去吗。陈大问。

三差一不打麻将，可饭还是要吃的。

陈大这才松了一口气，他先喊了刘三，又喊了好几个同事去了餐馆。

陈大不喝酒，可最后还是有人提议，说陈大提升了，必须喝点酒。

陈大才从医院出来，不能潇洒，他的酒都倒给我吧。本来大伙都喝得差不多了，听了刘三的这句话，大伙的酒都醒了一大半，最后刘三喝醉了，他趴在桌子上不省人事。

刘三不是东西，他肯定早就知道陈大要提副科长才一个人去医院看他的。

一阵冷风从窗外吹来，这时，大伙都清醒了。

陈大还是把自己关在屋子里种花种草种春风，现在，同事关系就是他的春风。

◀ 黄小强的大白天

这天，黄小强的手下交了一份辞职书，是技术员猫头鹰的，他说，要去B公司。态度坚决，没有商量的余地。

天要下雨，娘要嫁人。好吧。黄小强没有挽留。

是的，黄小强的手下，大家叫他猫头鹰，他白天睡大觉，工作都是晚上完成的，有时候，头儿看不到猫头鹰的人，就连黄小强一起批评。

这大白天的日子难熬啊。黄小强说。

猫头鹰辞职了，黄小强的日子更难熬了。这不，头儿不高兴啊，他在大会上说，肥水都流到外人田里去了，你们知道这回走的是什么人吗？是公司培养的人才，是效益，是发展，是要得到重用的。黄小强你得去B公司把他请回来，要是请不回来，你就住在B公司。

黄小强就纳闷了，大家都纳闷了，猫头鹰走的时候还和头儿吵了一架呢，可人家头儿就是头儿，才不计较那些，还要黄小强去请他回来，头儿看重人才，还要重用他，这让大家看到了希望，工作的干劲更大了。

黄小强没有办法，只好硬着头皮找猫头鹰。

黄小强说，虽然 B 公司的环境条件好，待遇也高，可如果在这里受到一丁点儿委屈你就回去。

你们都喊我猫头鹰，知道我喜欢夜晚干活，可规章制度不允许，我也是多次违反，怕是回不去了。猫头鹰答道。

其实，你走了之后大家都挺想你的。就连头儿也是舍不得你的，都怪我当时头脑发热，我是生气头儿，这才支持你走，没留你。你回去吧，头儿说给你加薪，还要提拔你呢。

猫头鹰笑了笑，低头设计图纸。黄小强垂头丧气地回来了。他对头儿说，猫头鹰不愿回来啊，我可是请了。

那是你没本事，连个人才你都挖不回来，我不管你用什么手段，哪怕你一哭二闹三上吊，我只要他回来，上半年不回来，奖金就别指望了，下半年不回来，看我不扣你的工资。

黄小强哭丧着脸，这放走的不是猫头鹰，这放走的就是金条啊。

这大白天的，他怕是再也没有好日子过了，头儿在大会小会上批评黄小强。

黄小强只好又去了 B 公司，B 公司的保安认出了他，还把他拦下来问情况。我是来找人的，真的，找人。

夜晚的办公室没有找到猫头鹰。第二天白天，黄小强就去了他的住宿区。猫头鹰的寝室里落了很多灰尘，书本扔得到处都是，他好不容易擦干净了一把椅子，这才坐下来说，兄弟，你走后，头儿天天拿我出气，这大白天的，哪里是过日子呢，这是熬日子呢。头儿很看重你，是我把你的大好前程毁了，我没有留你，你回去吧，帮帮我，帮帮头儿，也帮帮你自己。

猫头鹰说，我不能回去，因为我白天睡觉不上班，违反规章制度，回去了给大家添麻烦呢。

头儿说了不计较这些。

可制度对事不对人。大家都看着我呢。实话告诉你吧，我也不能在这里待了，我要去 B 市了，那里没有规章制度。

你要去 B 市了。黄小强的心冷了一大截。良久，他才说，好吧，支持你，人往高处走，水往低处流。黄小强拿起一杯水吞了一大口，仿佛要把那些不快都吞进肚子里。他说，你走后，头儿一直怪我，可你走了，这能怪我吗。都怪他的制度太苛刻啊。黄小强很苦闷。

经过一年的劝说，黄小强立了大功，终于把人才挖掉了。会上的头儿表扬了黄小强。

可他去了 B 市。没有回来啊。黄小强愣了。

发什么愣呢，头儿继续说，去了 B 市 A 市都不一样吗，要知道，对我们最有威胁的是 B 公司，同行是冤家，只要不在同行里做事，就是挖掉了人才，就是遵守了制度。

黄小强纳闷了，大伙也纳闷了。这大白天的，为什么看不到阳光啊，会上的黄小强抬头看了看窗外。

◀ 规　则
....

　　接到一尘的信息，是银杏叶最黄的时候，一尘说，我已到镇上了。这让石小柳很为难。是去，还是不去？

　　你是来办事的吗？她问。

　　是的，考察一个项目。他说。

　　一尘是石小柳的同学，也是她的爱慕者，这是石小柳后来才知道的事情。但石小柳的爱慕者实在太多了。她常常拿不定主意，比起那些近水楼台的人，一尘又怎么敌得过呢，可一尘是风尘仆仆地从几千里外赶来的。

　　一尘说得很清楚啊，他是来考察一个项目的，不是特意来见你的。你想想，他要是真的见你，就坐个车直接赶到村里来了，还用在镇上等你吗？为了这样的人心动，怎么可能，按规则，一万个不可能。石柱斩钉截铁地说。

　　是的，从村里到镇里有一个小时的车程。石小柳在村里，但一尘没说来村里。

最美的年华遇上你

村里开发了许多旅游项目，石小柳在繁华地段摆地摊呢，她为游客们画肖像，挣不到很多钱，但可以养活自己。

她这里有很多常客，有时是石柱，有时是老猫，有时是小黑子……他们都是来找石小柳聊天的。客人多的时候，还帮忙招呼下生意。不用说，他们都是石小柳的追求者，石小柳和他们无话不说。

什么是规则？石小柳问。

这么给你比方吧，规则就是别人主动问好你，下次你才能向别人主动问好。石柱办的是养鸡场，钱多，但文化少。

是的，石柱说得没错，她和一尘之间交往上好像还隔着一层什么。她和他是拘束的，不像和石柱那样可以敞开心扉，可以谈天说地。

她还想找答案，石小柳问了老猫。

老猫叼着一根烟慢吞吞地说，他一个人那么远跑到镇上来，会不会图谋不轨？要知道，为这样的人你到镇里，按规则，太危险，不划算。

又是规则，按照老猫的规则，就是只有一个人主动请客，下一次，被请的人才可以回请。也是主动和被动的关系。老猫在村里是骑摩的的，载着游客上山下山，他干一天歇三天，嗜酒如命，没有钱了才去干，他挣不到很多钱，但能挣到酒钱。

现在，她还是不能确定自己是去还是不去。这时，小黑子骑着自行车来看她了。看，我给你带来了什么？他从背后拿出几颗野生猕猴桃。

石小柳接过来剥开一个放在嘴里，好酸。石小柳笑笑。

我帮你找个甜的。小黑子挑出一个正准备剥开。石小柳哈哈大笑。那不是骗你的吗？这些都快熟透了哪有酸的。在石小柳眼里，小黑子永远是那么单纯。

为了找到答案，她又问了小黑子。

想去就去，遵循自己的内心！这是规则。小黑子一双明亮的眼睛纯得像一潭深水。

他憨厚地笑着，永远是一副无忧无虑的表情。石小柳的心为之一动。

规则是什么？她问。

规则就是自己内心的想法呀。小黑子是村里的体育教师，没事的时候，他常常带着孩子们在草地上无拘无束地踢足球，自由得像风一样。

她想找的人不就是这样的人吗？

一尘，一路顺风！她说。她和他终于没有见面。

很长一段时间，石小柳还为此事耿耿于怀。为什么，他不来村里见她。

石小柳还在村里画画，偶尔他会画一张一尘的肖像，但她和他已经很久不联系了。又是一年秋天，银杏叶子黄的时候，她和小黑子完婚。

多年以后，她还在银杏树下画画，旅游旺季，来村里旅游的人一批接着一批。在嘈杂的人群中，她听到一个急促的叫声，柳树精，柳树精！这熟悉的声音，让她的心一动，画笔落了，抬头望去，她看到了他，一尘！

是的，柳树精这个称呼是她和他在一起时，他给她起的绰号。只有他才会这样亲切地喊她。她站起来，果然看到一尘向她奔来，他穿着雪白的 T 恤，还是高高瘦瘦的个子，他张开了双臂，显然，他也看到她了，那一刻，阳光金子一样洒在大地上，黄得耀眼的银杏随风飘洒，才发现，这里的秋天无限美，她就要张开双臂，接受他的拥抱，可是，他从她身边一晃而过，前面有个小孩子，他张开双臂抱住了那个孩子，柳树精，慢点跑，爸爸都抓不到你了，这么多人，小心跑丢了。原来，一尘并没有看见她！他抱着孩子，没有回头，消失在她的视线里。她张了张嘴想喊，却没有发出声来。原来，他把自己的孩子用上了自己的绰号？！

老板，你快点，画完了吗？坐在一旁的游客催促着，她转过身说，画完了。他们欢欢喜喜地看着画像，说，真好！她重新回到座位上，望着路口，仿佛做了一场梦一样。

你就是我此生最大的项目，但你不见我……无意中，她在网上搜到了他的博客……这是他向她的告白吗？她怔住了。其实，他早已出名得需要仰视了……

回到家里，石小柳听到儿子的吵闹声，什么？规则？那不是游戏里才讲的吗？

那时，她正捏着画笔，像是捏着自己的一个笑柄一样。

◀ 拆　迁
·················

　　高峰找我的时候，我正把自己一个人关在办公室里发愁。

　　谁说领导不发愁呢，我就是，近来公司资金短缺，欠了不少外债，职工几个月工资没发，找我要账的单位是走了一批又来了一批。

　　我成天地躲着他们。

　　听到敲门声我警惕地问，谁呀，中午不办公。

　　是我，我是高峰啊。

　　还好不是要账的人，我松了一口气。

　　高峰一进门就嚷起来，我说老同学当了领导是不一样啊，忙得都见不着人影了，找你比找上帝还难。

　　哎，这不，上帝忙着发愁呢。我笑了一下。

　　高峰升了路政大队的队长。是来喊我出去吃饭去的。

　　几杯酒下肚，我向高峰吐着一肚子苦水，当领导发愁啊，想想以前的我，把办公桌搬到酒桌子上，什么问题不能解决啊。

我端着一杯五粮液已有了几分醉意。高峰又叫人上了几道菜，我说不能喝了，你这桌酒席可以解决几个职工工资了。

看你像是火烧眉毛了，这样吧，明天叫人和我一起到土地局提笔款，先解决一下资金问题吧。

听到提款，我就冲动。公司盈利的钱年底才能回来。我每天都急得团团转，到处筹款。

高峰的话让我大喜，尽管自己已有九分醉了，但还是在酒桌上和他拼酒作战。谁让他带来那么好的消息呢。

我又和高峰连喝了三杯，高峰含含糊糊地告诉我，我听了半天才知道，我们提的款好像是占什么地的赔偿费。我看见高峰完全地醉倒了。

只要是款就去收回，管它什么款。有病乱投医，我也顾不了那么多了。

我拿起电话就给财务会计打过去。

财务会计一听是去提款，跑得比兔子还快，第二天就办好了。

这真是天上掉馅饼，来得及时和突然。财务会计兴冲冲地说。

款子提回来时，我也高兴，心中压的一块石头缓缓松动。

发了工资，平息了职工上访的内战。现在我只等年底公司的盈利，那时，我这个领导就没什么可发愁的了。

我还在酒桌上四处应酬，签合同、拉关系。

公司职工在办公桌上加班加点工作，我在酒桌上加班加点，连续作战。

公司起死回生。我春风得意。

可是还没等到年底，突然间的一个电话让我吃了一惊。

不好了，领导，有人要拆我们的住宿楼。接到下属单位来的电话，我端着的一杯酒正好晃动了一下。不过我很快就镇静下来了。

什么？谁要拆我们的房子。你慢慢说嘛。

听了下属单位的电话我感觉自己的脸在一刹那间白了。

我火速赶到现场时，高峰也在那里。高峰穿着路政服一脸严肃。

我说，这是怎么回事，高峰大队长。

不好意思，老同学，那占用土地的赔偿费，你们单位不是都收下了吗，既然收下了，这土地就是我们的了，我们要修路，现在要拆房呢。请配合。

我张口结舌，用一句话总结就是——我什么都明白了，高峰只是拐了个弯，没费吹灰之力就把这么大的事情摆平了。

我拿起电话就给财务会计打过去，这天上哪有什么馅饼啊，你也没看看清楚就乱接，这无缘无故地就掉到陷阱里去了，还白白搭进去一座楼房。

谁说当领导不发愁呢。后来我总是做噩梦，先是讨债的人，后来是从背后掐住我脖子的人，这些人中有熟悉的也有陌生的，我呼吸困难。一个月后，我辞去了公司领导职务，回到了乡下。

◀ 小薇的春天

　　在鼠标可以随意点击爱情的年代，小薇坐在微机旁，成了单位上最年轻的打字员。

　　这是前任打字员用过的电脑，里面有文件、总结和数不清的领导讲话，小薇每天点击这些，没日没夜地打印，这是她的工作。

　　春天，窗外的阳光正好，而小薇的春天在电脑旁，生怕错过一个标点符号。

　　手头上没事的时候，小薇就闭上眼睛，听那树上小鸟的歌声，多日的疲劳就这样消除了。她想自己要是一只鸟多好啊，可以自由飞翔。

　　这样想的时候，就有人把一叠稿子递到小薇的面前，说，请帮我打印一下，声音极其平静。

　　季明的出现，让小薇有点吃惊，他举止优雅，面容亲切，和机关里那些行色匆忙的人形成强烈的对比。

　　小薇接了稿子，一阵噼里啪啦，不一会儿就打印完了。季明拿到稿子很自然地说了声，谢谢你，小薇同志。

小薇张了张嘴想说什么，终没说出口，春天的阳光里有一股暖流。

后来的日子，小薇听到隔壁办公室季明的声音，小薇打的字从来不用校对的，标点符号都不曾错过的。

小薇的心里，如窗外的明月一样，圆满、幸福。

加班晚了，去对面喝茶吧。季明约她。小薇摇了摇头，说，晚了，不去了。

再后来，季明的办公室里多了一个女孩子，女孩穿精致的套装，她拿着稿子和季明殷勤地说着话。

偶尔，小薇会听到隔壁办公室季明的声音，我就是要小薇帮我打印，不要你管。然后，有女孩子走出了办公室，高跟鞋踏踏踏的声音理直气壮地在楼梯里回荡。那声音让小薇再不敢看季明。

转眼春天就要过完了，季明再拿稿子来打印时，小薇看也没看说，电脑出了点问题。季明仿佛明白了什么，转身走了。只是小薇不知道，那一叠稿子是季明写给小薇的。

季明回到很凉的湖边去了。

小薇只希望季明和那个女孩子能和好如初。

阳光明媚的日子，季明和女孩子从小薇的办公室前走过的时候，很亲密的样子，小薇看了一眼季明，埋头打印稿子去了。

出了办公室，才觉得春天已过完了，花园的花朵大片大片地凋谢，小薇以为，和季明的日子也将过去了，和一阵风一样。

小薇的天黑了，无声无息地。

在一次加班之后，黑暗的楼梯，突然有人伸过一双手来，我来扶你。薇薇。小薇抬头，是一张熟悉的脸，竟是季明。

原来，季明什么都知道的。那一刻，她感觉眼中湿湿的。

每天，小薇最早一个来，最后一个走，她的脚有轻微残疾，只有在上下楼的时候才可以看出来的。小薇一直以为，没有人会注意的，更何况，她不过一个临时工而已，说辞退就辞退了。

电脑前，小薇无数次地点击着那些文件，那些讲话稿，那些工作总结，她记起季明的话，在你眼里，我恐怕不及你手中的一个标点符号吧，标点符号你都不错过，而春天你却错过了。

小薇的脚已彻底地恢复了。她终于可以走向她的舞台，而属于她的春天却过完了。

◀ 一张桌子的距离

梁的魅力让所有的女孩子为之倾倒。

珊瑚很幸运地分到了梁的办公室，珊瑚是刚分来的大学生有着漂亮的容颜和美丽的身段，最为独特的是珊瑚的幽默、风趣常常能引起工作之余的梁哈哈大笑。这个能给梁带来快乐的女孩子很快得到了他业务上的指导。珊瑚很快熟悉了业务。

梁是珊瑚的直接领导，没事时他们喜欢在一起聊点政治、文学类的。梁的谈吐深深地吸引着珊瑚，珊瑚时常在想，像梁这样一个优秀的男孩子为什么偏偏没有女朋友呢，更何况梁已是大龄青年了。

珊瑚喜欢看梁从前面的办公桌前回过头来的样子，隔着那张办公桌，他们天南海北地聊侃。梁的眼睛深邃而冷静，珊瑚就深陷在那深不可测的眸子里。

他们的距离是一张桌子的距离，珊瑚是不能超过那距离的，因为梁的身份和地位。可珊瑚真想推开桌子，向梁敞开心扉，但珊瑚制止了自己的行动。

珊瑚分明感觉梁的关心和帮助已远远超过了那张桌子的距离。工作之余梁和珊瑚到溜冰场、游泳池，梁开着车带珊瑚出去郊游。梁没有对珊瑚说，我爱你。但珊瑚分明感到了爱情的存在。

珊瑚开始妒忌那些和梁说笑的女孩子了，珊瑚感觉爱情实实在在地来了。

那天，梁要一份文件，珊瑚不知随手放在哪里了，珊瑚在档案盒里找了半天也没有找到，梁也来帮珊瑚找，但梁的脸上明显带着不悦，梁找了很久，这个时候，珊瑚分明感到梁生气了，梁很大声地训斥了珊瑚，梁训珊瑚的声音，让很多人笑了，他们在笑珊瑚呢，几乎全公司的人都知道珊瑚挨批了。珊瑚眼前的幸福埋葬在那份文件中了，快乐一点一点地瓦解，那个还没有萌生的爱情就地坍塌了。文件最终是被珊瑚找到递到了梁的手中。

珊瑚是不抱任何希望的了，那些和梁打招呼的女孩子，珊瑚再也不必妒忌了，梁本来就惹人喜爱嘛，珊瑚又何必再牵扯其中呢，珊瑚的心开始平静了，爱情来得快消失得也快。

第二天，珊瑚还没有想好怎样面对他时，她已看到了一份申请说明书，是梁放在她办公桌上的，梁申请去工地实验室了，梁说，他已经给了一份说明书给单位了，单位批准了，梁明天就可走了，梁走了之后，会有另外的人搬到办公室来，是直接主管珊瑚的领导，梁说那个领导比他好多了。梁说的时候像是什么事也没发生过。

珊瑚看着梁一点一点收拾东西，他收拾得很缓慢很细，像是害怕把什么东西遗忘了一样。然后，梁把桌子搬到了另外的科室。珊瑚看着梁搬桌子，心里空荡荡的。

桌子搬走了，可内心的距离却无法搬走，它比那张桌子还要远、还要长。

珊瑚就从这时候恨起了男人，转眼之间，珊瑚也成了大龄青年了，人们就开始叹息，像珊瑚这样一个优秀的女孩子为什么偏偏没有男朋友呢，这句话和她当初说梁时一模一样，可转眼已过去很多年了。

那天珊瑚无意中听到楼梯有人议论。都什么时代了梁那时候还那么老土，梁是因为爱上了珊瑚才走的呢，全公司的人都知道，他说，他无法越过那张桌子的距离呢。他这样一走不是把别人珊瑚给害了。

珊瑚的心里开始微微振动的时候，青春已不知什么时候悄悄丢失了。

◀ 螃蟹过街

　　老师点名了，点名了很正常，我经常在班上倒数，不点名都不正常。其实，我并不担心自己，我担心回去之后的父亲。

　　倒数第三名啊。母亲拿着我满是错题的试卷，站在父亲面前，虽然她有胜利者的姿势，但脸上却是悲苦的神情。每次，我拿着倒数的成绩回到家里，母亲就开始责怪父亲。

　　你自己看看吧。都是你的功劳。母亲把卷子扔给了父亲。好像父亲在考试一样。

　　每当家里氛围紧张时，我就默默地自己洗了澡，默默地一个人回到床上睡觉。我的爷爷奶奶很惊讶说，看吧，二宝都能自己洗澡啦。

　　唉，怎么说呢，我读小学二年级了，但我的奶奶还四处追着我给我喂饭。总之，我一直过着饭来张口衣来伸手的生活。奶奶要我把饭吃完，但我没时间吃，我要看奥特曼，我扒了两口就放下了。

自从我在班上倒数，我的电视取消了，我最喜欢的足球运动也被迫停止了。

母亲要我写作业，我只好哭一会，把心中的委屈哭完了，才能进行，有时候，我题目都懒得看，我大声说，这些我都不会做。

我的母亲就尖着嗓子说，你不会？张总，你快来看你儿子不会做。我母亲有时候不喊父亲名字，直接喊他老总。她喊得咬牙切齿。我的父亲几乎是冲过来的，他愁眉苦脸的样子可不像他平时，他冷冷地看着我，好像我不是他亲生的一样。

这孩子智商该不会有问题吧。你看看我名牌大学呀，你看咱们家老大全年级拿前三，可他呢，班上倒数！这时我看见我的姐姐在门口对着我挤眉弄眼。我哭笑不得。

你说谁的智商有问题？母亲揪着这句话和父亲吵架去了。夜已深了，爷爷和奶奶从床上起来，出现在房门口，大半夜的还让不让人睡觉，要吵到外面吵去。

我的爷爷奶奶总是在关键时刻出现，但关键时刻也没能制止吵声。他们还会再继续吵。

我盯着题目，我看到堆得高高的书本，感觉它们都在嘲笑我。

就在昨天，我背着书包回到家里，为捆绑着的两只螃蟹松了绑，我说，爸，我要把它们放在水缸里去，给它们一点自由。

我爸正在接电话，他在他的公司每天都有打不完的电话，他忙的时候，没时间管我，我才能得到一点自由。

家里的水缸是母亲种荷花用的，花谢之后，缸里空了，但有水和土，正好适宜螃蟹生存，我看到螃蟹在水中快乐地爬着，嘴里吐着泡泡，我看它们把身子爬进土里。我问，它们在水里吃什么，父亲接完了电话又在拨电话，吃泥巴。父亲说。他继续打电话。

每天在母亲赶回来之前，我就迅速坐在书桌边写作业了。母亲不怪我，她只怪父亲。你看看吧，这次错字又有你儿子。母亲再次把卷子和脸色丢给父亲，好像我又在为父亲考试一样。

我的学习出了问题，都是父亲为我背锅。父亲终于忍不住，啪的一下，巴掌打到我脑袋上，你这个不争气的东西。父亲恼怒地说。我的嘴角磕在碗上，我用手一摸，磕出了血。我哇哇大哭起来，哭父亲的委屈和我的委屈，我用哭声向屋里人告状。

母亲听到了我的哭声，从房里冲出来，爷爷奶奶也丢下了筷子，一场大战就这样开始了。

我去寻螃蟹去了，缸里没有螃蟹的影子，记得父亲说过，它们躲在泥巴里。我想看他们出来，我盯了好久，它们一直没有出来。我用一根树枝搅了下淤泥，它们也没出来，我失望地丢下树枝。

我不想写作业，母亲坐在旁边大声地念着生字。我写写停停。我奶奶说，做了这么久的作业，你喝点东西再写吧。奶奶把牛奶递进来，我不敢接，我看了面无表情的母亲，只好摇摇头。

当母亲问我一个新学会的生字时，我居然又不会读了，真的忘记了，我怎么也认不出那个字来。我停留了半分钟的样子还是没能认出来。

本来受委屈的是我，我刚想哭。但我的母亲却先哭了，二宝，你怎么这么傻，只一个转身你怎么又不会读了呢。

母亲哭得声音很大，我也想哭，但母亲在哭，我就哭不出来了。

爷爷奶奶要回镇上去了，他们说，这里太吵了。二宝，你喜欢奶奶回去吗？奶奶站在那里，光线挡着了我的作业本。奶奶你站远一点。我说。

怎么？你不喜欢奶奶吗？我没说不喜欢，我只是让你站得远点。奶奶笑了。明天我们回到自己的家里就自由了。我不敢挽留更不敢接话，只有拼命地写作业。

我依然没有回到学校的足球场。但父亲说双休我可以在街对面的球场踢球。

我和父亲走到了楼下，在楼下街道的水泥地面，我惊愕地看到两只螃蟹，被车轮压过，标本一样印在水泥地上，看样子已经好多天了。

我迅速上楼，我一口气跑到水缸边，我终于看到了它们逃亡的脚印。那些带着泥的脚印越过水缸，顺着八楼的阳台往下爬，回到了地面，成了两个黑点……

我最终没有回到街对面的球场，我是被母亲叫回来的。我回到了堆得高高的书本里。

多年后，我和一群优秀的同学，回到老师的点名声中……我想到了我的螃蟹，此时，如果还在，它们一定顺利地穿过了街道，爬向了新生……

◀ 巨额来电

乡村的大棚，瓜果飘香。富安安顶着一个大草帽在田间小跑着，现在是销售旺季，田里的订单一个接一个，富安安的丈夫大贵喊她去帮忙。大贵的电话都成了热线了，他一边擦脸上的汗水一边接着订单。我下午可以送货上门。大贵的声音很大，富安安听得清清楚楚。

富安安看了一眼自己的丈夫，说，接听电话要小心哦，特别是送货上门的电话。

当然小心着呢，保证不错过一个电话，不漏接一个订单。看，刚才可是一笔巨额来电，一下子就订了250斤。

250斤啊，要在平时，在市场上一天也只能卖250斤呢。你说这个应该送货上门吗？大贵问。

富安安每天做着发财的梦，她不太关心这个，只关心她自己买的彩票，她希望自己能一夜暴富，这是个白日梦，可万一实现了呢。她只想把头上的草帽，换成风情万种的太阳帽，自己住进了城里……

突然，富安安的电话响了，刺耳的铃声把她的梦打断。

喂，你好，是富安安吗？我是公安机关的，你涉嫌一个案件调查，要冻结账户……

小富一听愣住了，公安机关的，你打错了电话吧？我，我……

没等她说完，对方说，你的电话是000000，你的身份证是0000000，这有错吗？

富安安哑口无言。

请你立刻登录网站，按提示输入个人信息，接受调查。

富安安脸色慌张，他离开了自己的蔬菜大棚回到村委会，坐在办公室里，她打开了电脑，按提示登录到网站，上面的网站居然显示"最高人民检察院"的标志。富安安又惊又吓。

唉，是涉嫌什么案件呢，自己借了钱给过王五，给过李三，没有做什么犯法的事情，难道是他们牵扯到自己了？她坐在椅子上自言自语。

这时，富安安又接到电话，你好，是富安安吗？我是公安机关的，你刚才在网上输入了信息，我们都收到了，如需要证明你是清白的，请你立刻将卡上的钱全部汇入我们"安全账户"接受调查。

富安安挂了电话，抹了抹头上的汗。

这时，手机又响了，她坐在椅子上吓得跳了起来，她拿起手机，这才看清是大贵的电话，你快来帮忙摘西红柿啊，我又接到一个巨额来电，今天又订了一个大单……老公在电话里兴奋地说道。

可是，小富一点都高兴不起来，她一个人来到银行，她恨不得马上把银行里的钱转到"安全账户"上。

快下班了，银行里没有几个办业务的人。她低着头拿着手机不停地看信息，神情又焦虑又紧张。

一位银行的工作人员走过来，请问您办什么业务。她一抬头，是龙主任，自己认识，她笑了笑，我，我，我到这里汇点款……她背过身去想避开他。

可她又接到一条短信，把自己吓了一跳，她不好意思地笑笑。

你是办什么业务，有什么可以帮忙的吗？看你好像很着急的样子。龙主任跟过来。

哎，实话给你说吧，我要汇款，正在等电话通知呢？

你汇款给谁呀，认识吗？

认识，哦，也不认识。

不认识？那你为什么要汇款？不要轻易向陌生人汇款。现在电信诈骗的很多。我们今天在会上还学习了呢。

要是诈骗，我骂他一顿完事。可他是公安机关的，不是诈骗。如果你不让汇款，你就是把我往牢里关呢。人家说了，今天一定要汇款到他们的"安全账户"上。

龙主任继续追问，富安安这才道出实情，龙主任斩钉截铁地说，你这个是电信诈骗？不是安全账户，真的。不能汇款。

你下你的班，我汇我的款。银行汇款个人自由，请你不要阻拦我。富安安有些不高兴了。

你不相信，我拿我们学习的文件给你看。

我不看，没时间看。富安安的话同样斩钉截铁。

小李，请把今天学习的关于诈骗的情况拿来一下。龙主任叫了工作人员。看一下没有关系的，看一下再汇款也不迟。龙主任把文件递给她看。

一份纸质文件都送到手上了，富安安只好拿起来读了读，她一拍脑袋，惊叫，哎呀，诈骗啊。她这才恍然大悟，比刚才更加慌乱。

怎么办，怎么办，我把信息都提供给网站了，我的存款就要落空了，你一定要帮我，龙主任。

富安安六神无主，她连忙又给她老公大贵打电话，快点到银行来，咱家的存款保不住了，怎么办，我遇上了电信诈骗。

接到诈骗电话，要么不接，要么你说报警了。龙主任给她想了想办法。

为以防万一，龙经理还带着她到取款机上把密码做了修改。今天下班了，你又没带身份证，明天来银行重新办卡。

这时，大贵急匆匆地赶来了，他跑得气喘吁吁，他知道了真相后说，我是送货上门，你是送钱上门啊。多亏了龙主任吧。你还相信骗子的安全账户，动动脑子嘛。

大贵递了根烟给龙主任，可龙主任不抽，他只好自己给自己点烟，说，抽根烟压压惊。

巨额来电来的有可能是巨款，小心带走的也是巨款啊。虽然我们只有小小的五万元，但对于我们家来说就是巨款呢。大贵对富安安说。

华灯初上，银行 ATM 机边温馨的提示：不要轻易向陌生人汇款。

夜晚，又恢复了往日的平静，在新农村建设的小村庄瓜果飘香，一片和谐。

这才是自己的生活，富安安顶着大草帽走在田埂上……

◀ 乡间小事
·················

　　他住在城市，但那又怎样，在家里，老婆还不是说他是农村人。你这个农村人鞋子没码整齐，客厅没扫，东西乱放。是的，他最怕老婆说的三个字，农村人！

　　他听到那三个字后砰的一声关了门，好像怕被别人听到一样，他从屋子里冲出来，带着怒气上路了。不知道为什么，老婆嘴里吐出的那三个字，像鱼刺一样卡得他说不出话来，每次他都要逃离。

　　家里就要有家里的样子，搞那么整洁不就是宾馆了吗？可是这些和谁说去呢，要知道，家是讲感情的地方，不是讲理的地方。和自己老婆讲理那能讲通吗？有朋友说，你带她去花山村看看，那里山清水秀，环境迷人，又是新农村打造试点村。她去了以后啊，就要另眼相看农村了。

　　他仿佛找到了一剂良药回家了。

　　他把地板拖干净，带着老婆出门了，今天我们去花山村看银杏叶子。是的，他要在那里找回自尊。

你不是不喜欢去农村吗？老婆到底觉得有些意外。

现在是新农村，可不比从前。

在乡间的路上，他恼怒地按着喇叭，现在乡里人一点安全意识也没有，你看，骑的摩托车都走到路中央了。

老婆说，不容易啊，你这个大城市来的人居然嫌弃农村了，农村的人当然没有你这个城里人素质高，那是人家家门口的路，想走哪就走啊，你就慢点开吧。

你瞧，在老婆高兴时，他就变成了城里人了。不高兴了，他就是地道的农村人。

秋后的乡村公路景色迷人，银杏叶子黄了，微风中落下来，就像行在画中一样。

好像知道他们要来一样，路上一辆扫路机正卖力地清扫着，扫路机扫过的路干净得一片叶子也没剩下来。

他带着老婆经过了一家家农户，看到了一些柿子树，乌桕树，皂角树，看到了地里的南瓜，农户喂养的几头猪在猪圈里哼哼地叫着。他指着地上说，你看农村人就连猪圈也打扫得干干净净。他惊叹道。

在乡间的路上，他只等着老婆赞美。可是老婆就是不说那句赞美的话，她在路边采野菊花，拍照，看风景。

没办法，他又带她去了泉水边，水从石缝中涌出来，多么清澈，他用手捧着喝了一口，说，你也喝喝，又清凉又干净，你喝喝。这里是泉眼干净着呢。但老婆顾不上喝水，她去了板栗树下捡板栗去了，她说，还是第一次看到板栗树呢。她还是不肯说出一句赞美的话。

你看这里比城里差吗？他忍不住提醒一句。可是，老婆就跟忘记了一样，她依然没有赞美声。

他就像一个卖力的演员，但却没有等来观众的喝彩。

他想回家的时候，老婆肯定会赞美农村。

回去的路上，一轮夕阳跟随，车窗外一排银杏树金灿灿地，挡风玻璃上飞过几片叶子，美如梦境。

这时迎面又来了扫路机，随着呼呼的扫路声，地上的尘土和叶子卷入路边，就像要赶来和他们送别一样，扫路机清扫的路面干净得像是猫舔过的一样。那些落在地上零星的叶子一扫而光了。

他想这下老婆该有什么话要说了，要知道她最喜欢干净的地面，他等着她的赞美声。

这扫路机和银杏叶子有仇吧，飘落的银杏叶子本该等秋风来扫，被机器扫了。现在的农村还叫农村吗？你说乡间的小路上一片叶子也没有，这和城里有什么区别。

什么？！你不是喜欢干净整洁的地面吗？一尘不染的那种。你不是每次都让我拖地吗？拖得一尘不染的地面。

农村就要有农村的样子。路上干净得就像假象。老婆说。

老婆刚说完，他就接到了朋友二根的电话，大哥，我是二根啊，知道你要来村，我特意派了一台扫路机来回扫路，你不是喜欢干净吗？你看这乡间的小事儿还满意吧。

啊？什么，什么？是你派的扫路机？！越来越窄的乡间小路上，他的车子一颠簸差点开到路边的坑里去了。

◀ 幸好有你

　　大家叫他阿福时，他正在端茶送水，这没什么，每天穿梭在老弱病残中，在福利院当一名护工，这真的没什么，相反，他觉得从没有过的精神。

　　想想从前，大家喊他福哥，喊他老大时，他打不起精神；他出门，大家围着他前呼后拥时，他打不起精神；他四处捐钱或者物资时，还是打不起精神。那时的他，是众人眼里的光。但他自己的眼里没有光，成天无精打采的样子。

　　现在的他，穿梭在咳嗽、叹息和叫喊声中；现在的他，低头为老人剪指甲，推轮椅……按他自己的话说，他可以为他们作牛作马，端屎端尿。这是工作，这没什么。他说得理直气壮。

　　只有在夜深人静时，他才觉得这是一件奇怪的事情，人怎么就这么贱呢，在这样的地方上班，自己竟然过得心安理得啊。

　　有人说，阿福想钱啊，在福利院做护工，工资高着呢。

　　他点点头，是这么回事。

在此之前，大家喊他刘医生，刘大夫。是的，阿福姓刘。说得好听点儿，他是弃商从医，其实，大家知道，他生意场失败了，他没钱了，他没办法了，他告诉他的朋友，他要救死扶伤。怎么说呢，其实是自己更需要别人来扶他一把啊。

那个冬天，他成功地当上了福利院的医生，一个小门面，就开在福利院门口。那个冬天，大雪把地上铺得雪白，生意更显冷清。这时，一个戴大耳环的女子几乎是撞进来的，她说，大夫，你快去帮忙看看我姐吧，她在福利院，她的脚肿了，你快去帮忙看看吧，看是被别人打的，还是被什么虫子咬了，我担心她会死掉。

福利院的老人每年都会走几个，这很正常。但是面前的女子这么年轻，她的姐姐应该不是老人。冒着雪花，他和她走出了小门诊。雪花钻进衣领，他缩了缩脖子。

在路上，他说自己看好了很多疑难杂症。他说自己医好了很多手脚冰凉的人。戴大耳环的女子说，你真能干。

你好。进了房间，他礼貌地打招呼。

你不用打招呼的，我姐从小不会说话。

他这才发现她的姐姐是残疾人。

他蹲下来，把那双红肿的脚拿在手里，翻过来翻过去，看了又看。最后他站起来说，这不是别人打的，也不是什么虫子咬的，你想想，这是冬天，这屋里没有什么虫子蚊子之类，这是冻肿的。

原来是冻伤的。不是别人打的就好。大耳环女子松了一口气，接着说，

大夫，你真好，很多人不敢靠近我姐，嫌弃她，更不用说一

个残疾人的红肿的双脚了。以后，我来为你介绍病人来你这里治疗。

戴大耳环的女子果真介绍了好多手脚冰凉的病人，他们喝了他的很多中药，虽然患者的病情没怎么好转，但他的生意好转了很多。但随之而来的问题又来了。

有人找他看病，其实也不是什么病，只是要他确定一下，做一个判断而已。

大夫，您看看这个老人的指甲是怎么出血的。

作为一名大夫，他怎么看呢，他只能看面前是福利院的人，还是病人家属。

这可能是他自己不小心撞到哪里撞伤的呢。他对家属说。

总之都是病人自己，在福利院当医生混饭吃，他对家属不能说谎，有时又不得不说谎。

可是他明明知道，这不是撞伤，但事已至此，他要做的是处理好伤口就行了。现在，他好久都管不住自己的内心了，嘴里好几次吐不出真心话来，他自己都吓了一跳。

真对不起，这是我剪指甲不小心剪出血的，第二天，福利院的小余对家属解释着。

他提着药品刚刚进门，惊了一身冷汗，谎言就要揭穿了。

不怪你，昨天才找医生看了，医生说是自己撞伤的。病人家属没有怨气。

刘医生，幸好有你。不然，家属会找我们扯皮的。小余说。

幸好有你，四个字像把利剑刺来让他感到心痛。他真的不想听到这四个字了，但每过一段时间，有些人还会找他"看病"，他还是会听到那四个字。他觉得自己不能救死扶伤了，更不能随意当一个评判家。

好在小诊所迅速被别的诊所吞并了，那时，他只剩下一个好身体，他申请了福利院的护工，很快他就被批准了。

我又弃了医，做了护理工。我每天忙得忘了自己是谁，但现在是快乐的。自己的心里话，他给谁说去呢。他和住福利院的一些人一样，只有自言自语。

他在福利院工作，遇上过退休的领导，也遇上过自己的酒肉朋友，他们来的来，走的走，他为他们端茶递水，给予一个护工该有的照顾，他们喜欢说的一句话：幸好有你！

这和我一点关系也没有，真的，这只是自己职责所在。他解释着。

幸好有你。这话现在听起来，本来有了正确的含义。但在阿福心里，还是那么刺痛，总让他回想到自己的从前。

大家喊他阿福时，他在福利院当了一名护工，这真的没什么，相反，他穿梭在老弱病残中，觉得自己比以前精神多了。

◀ 见世面

都说柱子家的鸡好吃，真的，在乡下，那些游客来了把鸡汤都喝光了。

这吃的是柱子家的鸡吗？柱子家的鸡，吃去吃来，家里的鸡一只不少啊。有人数了数还是那七只鸡，在后院里跑来跑去吃虫子呢。

柱子没生意的时候，就把鸡放出来吓唬小孩子。柱子对鸡说，做事了，快去做事了，去啄他去，柱子一挥手，鸡就跑去啄小孩子，小孩子吓得大叫，柱子就把鸡唤回来，丢给食物给鸡吃，然后再哄哄小孩子，鸡和你闹着玩呢，它不啄人的。

柱子家的生意不知什么时候起一天比一天好起来的。

其实，七湖村是个穷得连鬼都不生蛋的地方，但是乡村们说了，就只有柱子家的鸡还能生蛋。

为什么呀，因为村里的人早就不喂鸡了，因为他们村偏僻，生的蛋也不好卖呀，再说养鸡太吵，半夜吧，有时还能听到鸡叫。

可是柱子不一样，柱子把鸡当宠物一样养呢。有时候柱子把鸡蛋拿出来卖，你看柱子提着鸡蛋还没走到村里那棵大树下，鸡蛋就被游客买完了。

柱子是空着手回来了，但是柱子的口袋是鼓的。

柱子的鸡蛋卖光了，就连他提着鸡蛋的那个竹篮，人家城里人也一起买走啦。柱子的脸上天天都是喜色。

可是，这天柱子再也喜不起来了，柱子的鸡丢了，柱子家一只鸡都看不到了，他怎么做生意呢，他怎么卖他的老母鸡火锅呢。

柱子的鸡是在家里丢的。其实，丢了鸡也没什么。但对于柱子来说，就不一样了。鸡丢了，就把它的财路断了。

我的鸡呢，谁看到我的鸡了，我的大母鸡大公鸡一个都没有了。鸡丢了，柱子就跟丢了魂似的。

柱子你家开的农家餐馆，天天客人来你家点鸡吃，早就应该吃完了呀，这有什么大惊小怪的。邻居们说。

邻居们接着说，莫不是黄鼠狼叼去了吧，你看看四周，找找有没有可疑的痕迹。

你这样的眼光看着我做什么呀，好像我成了偷鸡贼一样，我可没看到你的鸡。邻居说。

柱子想起了什么，他看看门口聚集的一些老人和孩子，他们能帮上什么忙呢，他们都是来看热闹的，是的，柱子一早上大呼小叫的，门口早已聚集了一堆人。他们都来看柱子，听柱子说怎么丢的鸡。

丢了鸡，不稀奇，就是一天丢一只到火锅里，丢一个星期也丢完了呀。有人说。

柱子想想和村里的人能说个什么来呢，他二话没说，骑着自行车跑了，把看热闹的人愣在那里。

柱子这是要到哪里去呀？柱子莫不是发疯了吧。柱子去追黄鼠狼去了。真的，柱子使劲蹬着车子，发疯似的往镇上跑。

柱子到了镇上的菜市场，市场上可真热闹啊，人来人往，叫卖蔬菜水果的声音一个比一个高，他穿过卖鱼的地方，又走过卖肉的地方，然后，他来到了卖鸡的摊位上，他仔细地找着什么，不用说，是找他的鸡呢。

柱子在一个摊位上停下来，摊主的老板拿着一只芦花鸡正准备宰杀，那不正是他家的母鸡吗。柱子把车子往地上一丢，他大喊，等等。这只鸡不能杀。柱子说。

我出了钱的鸡，你叫摊主不杀，难道这只鸡是你家养的？旁边买鸡的人问。

这只鸡就是我家的。柱子声音又大又亮。

摊主提着鸡问，你眼睛睁大点，这只鸡在我的手里怎么就成了你家的。

不但这只鸡是我的，你的这只，那只，这边还有几只鸡都是我的。你要敢杀我的鸡，我马上报警把你抓起来。你信不信。

摊主这回停下来了。

你说这鸡是你的。我说这鸡是我的，你怎么能证明这鸡是你的呢。

柱子想是啊，我怎么证明是自己的呢。他和摊主吵了大半天，把摊主生意都吵没了。

你丢鸡你报警，你报啊，你不报警，我来报。你一大早来我这里捣乱，看我不报警，叫警察把你抓走。摊主说。

柱子和摊主吵了半天也没能把自己的鸡带走。警察正好来了。看，警察同志，请把他抓起来，就是他要抢我的鸡呢，他当他是土霸王呢。摊主说。

我拿我的鸡，我要回乡让乡亲看看，这就是我丢的鸡。

是不是你的鸡，那就到乡下走一趟呗。警察说。没办法摊主也跟着走一趟。

柱子让乡亲们帮他认鸡。邻居们都摇摇头，他们说，我们知道你养鸡，但是，我们也不能判断那就是你的鸡呀。我们不认得。柱子心灰意冷。

警察说，我来判断。警察提着竹筐向下一倒，把鸡都倒在地上放跑了。这下好了，把鸡放跑了，两个人都白忙活了吧。鸡归大自然了。邻居们说。

可鸡是家禽呢。怎么能归大自然呢。

鸡一着地都咯咯咯地欢喜地跑开了。只有柱子垂头丧气。

柱子失魂落魄地回到家里，意外地看到那些鸡比他早先跑回家里了，有的跑到鸡笼边，有的跳到围栏里。这些鸡认得自己的家！

警察跟进来，对旁边卖鸡的说，鸡是他的，你老实交代，这鸡是怎么来的。

这鸡是鸡贩子卖给我的呀，谁知道是偷的呢。我一大早生意没做成，还赔了这么多鸡。卖鸡的人叫苦不迭。

柱子的鸡回来了，一个不少，还是那七只鸡。门口聚集了一些人，他们又来看热闹了。

他们说，柱子行啊，把鸡训练成宠物了认得路了，现在，鸡再也不会丢了。

柱子家的生意更好了，大家都说这鸡通人性。现在，吃柱子家的鸡更贵了。一些游客坐着大巴车来村观光了，他们吃着柱子家的鸡，把鸡汤都喝光了。

他们吃的是鸡吗？他们吃的是美丽的谎言呢。有人愤愤不平。

有什么愤愤不平的呢。这些鸡都是到镇里见过世面的。谁能想到，不出大门坐在自家门口都能做生意了呢，要是在以前，这就是天方夜谭啊，现在，我们也算是见过世面了。

◀ 合 欢

我曾是村里的小混混，从南方打工回来，我还是会在这里撒野。尽管，我依然一无所有，但有一身的脾气。

真的，那个夏日，我在村里那棵合欢树下睡着了，梦醒了，才发现，火辣辣的太阳把我烤到了现实。每天开车在村里闲逛的我，加油的钱都成了问题。

近段时间，母亲每天赶我去卖桃，她说，你挑也挑不动，提也没力气，就用你的小轿车拖着，到学校附近去卖桃，你只需打开后备厢，就在车上卖桃。

让我去卖桃。我的脸面何在。但母亲不管。母亲每天忙着，就连抬头看我的时间都没有，我从小到大，她永远都有做不完的事情。

不想去卖桃，就在刚才还和她吵了一架。她很生气说，你滚，今天这些桃子卖不完，就滚远点。别再回来。

没办法我只好滚了。

父母有时会怕我，因为一赌气，我就离家了，一整天都不回来。但口袋里没钱，连吃的都成问题，我只好厚着脸又回去了。

这回我跑出来时，发现也没地方可跑了，无论如何，今天我要把这些桃子卖掉。时间还早，等卖桃的时间到了，就赶过去卖。我在乡里又晃了几圈才出发。

其实，卖桃的人增加了好几家，几箱桃子要卖好几个小时。大家都等放学的时间一到，就打开后备厢，用喇叭喊着，新鲜的桃子，十块钱三斤。大家都聚集在学校附近。放学的时候，家长和学生最多。那时候生意最好。我只希望自己一去就能卖光。

我把车开到学校附近的那棵合欢树下，一辆白色的小轿车早停在那里了。这个地理位置最好，又有阴凉，早早地就可以收摊。可是被别人先占了。

这是我的摊位，我昨天就在这荫凉下卖桃呢。我喊着。

车上的副驾驶室坐着一个女人，算不上很美，但她的面容那么地平静。

她没有理我。我看到她的后备厢也拖着桃子。桃子比我家的还大。位置决定票子。管她是谁，这个荫凉地是我的，我曾是村里的混混，一直没人敢占我的地盘。

她那么安静地坐在那里，仿佛我不存在一样。我没办法，上车又按了喇叭。

她还是坐在那里，仿佛不食人间烟火的样子。

我只好再次从车里出来，喂，在跟你说话呢。这是我的摊位，你抢了我的荫凉地。

她无动于衷，她高高在上。她装作没听见的样子。

我火冒三丈，冲上去把她的桃子提了一袋扔在地上。新鲜的散发着清香的桃子滚了一地，有几个还被行走的车轮压碎，只留下一个硬硬的桃核。

她还是没有下车。我直接拉开了她副驾驶室的门。

她显然愣了一下，有些惊惶失措。

我看到她是一个肢体残疾的女人，没想到她是残疾人。我拉开她的车门立刻后悔了，我把车门迅速关上了，就像什么也没看到一样。

周围的人个个喊着要凑我。他们帮忙把地上的桃子捡起来。

这时，比她更惊慌失措的一个人影，向我冲来。这么快她的救兵都来了，是要找我打架的节奏呢。

打就打，让暴风雨来得更猛烈些吧，谁不知道我曾是村里的小混混呢。

他拿着一瓶矿泉水直接冲到车里，你没事吧，没事吧，都怪我，都怪我把你一个人丢在车上。你没吓着吧。他递给她那瓶水。

对不起，对不起，她听力不好，请你不要吼她。那个男子对我说。

也许我对自己的父母吼习惯了，声音太大了。大得十米开外的人都能听到。

那个男子站在我的面前，背更驼了，我知道他是谁，小时候，我们经常欺负他的。因为他从小就是驼背。他叫二柱子。

二柱子的背弯成了近乎九十度。记得小时候，我们经常取笑他。

这是我的爱人，她今天没有带拐杖，我平时开车出来就把她带着。我的车就成了她的拐杖，刚才拐杖挡着你了。对不起！我看到这儿有片荫凉才停这儿的，我马上给你腾位置，给你这片荫凉。他说。

看着他驼背的身体又微微地往下弯了，弯到了九十度以下。

我的心一震，哑口无言了。

二柱子本来是驼背，做事吃力，没想到他学了驾照，又买了车，心里也为他高兴。第一次发现合欢树这么美，它撑出一片荫凉地这么美。

其实，对不起的人应该是我。但我没说出口，一头冲进自己的车里，倒车，调头，像有人追赶一样，一踩油门，就逃走了。

干嘛要在自己土生土长的地方撒野呢。而且，是对那些弱势群体。

回到家里，母亲说，怎么，桃子一个也没卖出去，你好意思回来。母亲这回真的赶我滚了。

我知道，自己欠二柱子一声对不起。

我在合欢树下等二柱子。我要向他道歉，和他一起叙旧，一起把酒言欢……旁边的人说，你在等二柱子？二柱子知道你不好惹，怕你没事找事，他说他再也不会来这里了。

我突然想起小时候，大家一起围着二柱子，学着他驼背的样子，向他踢石子时的嘲笑声……

现在，我还是一无所有，真的，就连一身的脾气也没有了。

◀ 距　离

在小镇，我是个游手好闲的人，一个小混混，镇上丢了几辆自行车，我也成了惊弓之鸟。可是，我怕什么呢，我看到派出所的人到处乱转，他们把大黑子请到了派出所。

我丢掉了那条破洞的牛仔裤，把鸡窝一样的头发理平，我新买了一套西服，坐在回镇的中巴车上。我要和大黑子保持距离。

一个叫水墨的女子坐在我的身边，她说，她的云姨是镇上茶吧的老板。镇上独一无二的茶吧正是我这样的小混混经常出没的地带，有时候没钱了，还在那里赊过账。我惊喜，原来，那是你的云姨。她可是镇上的首富呢。

她很认真地看着我，你也认识？当然。我经常光顾呢。我不敢看水墨那双清澈的眼睛，怕自己邪恶之念突然萌生。

你肯定没有走过弯弯曲曲的泥巴小路，窄得只有自行车和摩托车才可以通过。我就住在那样的地方。

你说的是古村落吧，下车后，我送你回去吧。你有车吗？有啊。一辆破旧的自行车。

我真的头脑发热了，下了中巴车，我风一样的速度经过了小镇的街道、商店和校门口，我又不顾后果地翻到了院墙里，四下没人时，我用了不到几分钟的时间，撬开了一辆自行车，那是大黑子教给我的技术。我骑上那辆破旧的自行车满头大汗地停在水墨身边，说，上车吧。

这真是一辆旧得不能再旧的车，高坡的时候，还骑不上去，我用手背不住地擦汗，水墨递给我散发着香味的手帕，我的脚踏得更快了，她一高兴，还搂住了我的腰。一个下坡，自行车居然掉链了，我说，链条掉了。

我把链条挂在车轮上，满手都是黑色的机油，水墨又递过那条雪白的手帕，我说，算了。染上黑机油只有扔掉了。

这车好像故意和我作对一样，每骑几百米都会掉一次链，这车比马车还慢呢。我不好意思地笑笑。阳光下，水墨的眼里居然是恋爱时才有的热情，她说，可辛苦了你。

好不容易看到了村庄，黑白青的颜色，真的就像一幅水墨画。又静又美。

水墨跳下车，她说，送到这里就可以了。你懂的。

可没人懂我，骑了好几个小时，我的腿都打颤了，我不能把车骑到镇里，在一个收破烂的地方，我卖了二十元钱。

很多时候我在茶吧门口转悠。我问云姨，水墨会来吗？云姨笑笑，当然会来。

大黑子进了派出所，又从派出所出来了，他见到我，像见到怪物一样，你怎么变成这副模样了，西服领带了。他们依旧在镇上打架闹事。就连云姨也对大黑子说，没事时，帮我照看场子。

于是大黑子可以随便进入。有大黑子在这里，街上的小混混好像都老实了。可我要和他保持距离。

这个暑假，我看到了水墨，它在茶吧里收银。那时的云姨乐得合不拢嘴。自从水墨收银后，那里的生意更好了，好多的大学生三五成群聚集在茶吧里，他们你一句我一句地找水墨说话，大学生们举止得体，总是用些俏皮话逗得水墨开心。茶吧关门的时候，他们散了，而我约了水墨。

那是我新偷的一辆摩托车，新刷了漆，然后进行了改装，我带着水墨，在夜晚的街道上横冲直撞，油门的声音整个小巷都能听到，水墨抱着我的腰，吓得眼睛都不敢睁开。我感觉自己飘起来了，我知道，那是恋爱时的感觉。大黑子带着人堵住我的去路。我以为他要找我打架，可大黑子点了根烟说，你终于找到了一个像样的女朋友。

小镇上又丢了几辆摩托车，派出所的人成天乱转，他们对镇上丢车的事件毫无办法。不知道为什么大黑子又被派出所请去了。

茶吧里，那个叫沈青的大学生依旧和水墨站在一起。他们好像有讲不完的话。沈青曾经亲眼看见我撬开了一辆摩托车，但他没有说。那些小混混们进来了，你可得注意点。沈青提醒着水墨，因为这句话，大黑子和沈青打起来了，茶吧里一片混乱……这里一下子变得清冷了，暑假过后，水墨返城继续上大学。

春节快到的时候，我积攒了一大把钱，我想带着水墨去过城里的新年，出入那些高档的宾馆。在街道口，我终于等到了水墨，她的身边多了一个男子，那个男子高高的个子，不像我营养不良，那个人居然是沈青，他拉着她的手。我怔怔地望着水墨。

看，镇上的小混混，可得离他们远点。我听到镇上的人指着我的脊背说。

我不想和水墨打招呼，真的，沈青肯定什么都告诉她了，包括看到偷车的事情。我调转了摩托车，在离开的一瞬间，水墨向我招了招手，她对着我笑了。对着一个游手好闲的人笑了，对着一个小偷笑了。我离他们只有一条公路宽的距离，我知道，这就是我们结束的时刻了，可是，我强忍住了眼泪，她居然轻易地用一张纯净的笑脸宽恕了我。我看着他们手牵手地离去，心中惆怅。

新年到了，很多地方贴着标语，"上帝让我们免费提供停车场，但上帝没有让你不上锁"。我想去派出所，在那里过一个新年，为自己赎罪。我想做一个诚实的人。对水墨，对镇上所有的人。我慢慢地走到派出所，我告诉他们，那些车是我偷的，我得了好几万元钱。真的，好几万。

派出所不再受理此事，他们说，怎么会是你偷的呢，要过年了，回家吧，全镇的人都知道你失恋了，你现在回去吧，我们正忙着呢。

真的，我还回得去吗。我依旧在茶吧门中游荡，云姨的声音从茶吧里传来，大黑子真是个好人啊，知道为什么派出所的人不找你吗，都是大黑子帮你顶的罪名呢。我那不争气的眼睛突然一热。

我跑到派出所，等了他五天五夜，大黑子终于从派出所走出来了，他见到我，就像老鼠见到猫一样扭头就跑。

现在，大黑子和我保持着距离。

电钻和金钻

在这个小城，父亲带着他用一把电钻讨生活这没什么，但被一些熟人认出时，还是有些沮丧。

哎呀，这不是余总吗？您什么时候亲自安装空调了。你看，熟人又认出他们了。父亲擦了把汗，说，我早已不是余总了。

您这是擦汗，还是擦泪呢。他恶作剧地补充一句。

当然是汗，你看你爸欠债百万还能谈笑风生，为什么呀，那是因为他还可以东山再起。还有能力把电钻变成金钻。

电钻变成金钻。他听了父亲的话，突然就有了动力，他举着一把电钻把墙钻得呜呜发响。

怎么说呢，他是有钱人家的公子，过着饭来张口衣来伸手的生活，现在落魄了，家里欠了很多债，他的父亲带着他四处装修空调，夏天的时候像在火炉里烤着，冬天的时候冷风刀子一样割着。

真的，他最怕在干活的时候遇上熟人。

这天，他一个人在客户家里干完活，一个声音叫住了他，嗨！真的是你吗？

那时，他刚把工具背在身上，自己一双落满灰尘的鞋子还没有来得及换掉，他转过身，但他很快镇定下来，这不是楼下修补鞋店的小沫吗？

那时，他还是富家公子，他曾去她的店里处理过一双昂贵的皮鞋，拿鞋时，他说，小师傅，你的手艺真好。那个叫小沫的女子笑着对他说，我不叫师傅，我叫小沫。

是你？他很惊奇，这个城市小得像块豆腐，转来转去都是原班人马。他正要拿了钱离开。一千元的装修费，他对她说给多了。她凑在他耳边说，多了就多了，他感觉到一股热气，没想到，她迅速地在他脸上亲了他一下，然后咯咯地笑着跑开了。他当时没反应过来，但后来他也没说什么，他老老实实地收了钱，然后离开了。真的，他太需要这些钱了，他们现在连家里的水电气都快付不起了。

早上，他路过鞋店，她从店里冲出来，手上提着热气腾腾的包子，早上吃了吗？我正好去买了点，还是热的，你尝尝看。在路上，他很难为情，又不好推脱。

晚上，他回家从店里经过，一个人冲出来把他吓了一跳，嗨，你吃了晚饭吗？我等了你一天了。

是小沫，她的眼睛星星一样闪着光。

当然吃过了。他说，其实他还喝了酒，用她昨天给的钱。

很多时候，他从鞋店门口路过，多少有点焦急地等着她冲出来，因为她带给他的，有时是钱，有时是食物。

这一天，他等了很久了。

清早他接到父亲的电话，儿子，明天到省城来，我们又有钱了。又有钱了，父亲这几个字说得又轻，又快。

这话让他容光焕发，他脱了工作服，换了头型和新鞋子，连夜到了省城。

这一切太突然了。他和父亲再也不用装空调了，他的父亲这回又成了名副其实的余总。他又开始过着从前富贵的生活，他又和从前的朋友联系上了。就连他身边的女子也重新回到他身边。

是在省城楼下的水果店里，他遇见了她。她也到省城了？她究竟想干什么？现在，他早已不是从前的他了，他穿着名牌，鞋子一尘不染，他从她身边高傲地走过，他装作不认识她了，记不起她了，自然没有和她说话。

水果店里老板认识他，说，怎么，女朋友来了。

他说，是的，女朋友来了，他还看了她一眼，那时，她正低着头，正在为另一个顾客选水果。

还好她没有纠缠他。为了证明给她看，他还特意把新女朋友带到水果店里挑选水果。

打那之后，他再也没见到过小沫。她已经离开水果店了。店里老板说。

省城的好日子没过多久，他的父亲把他的幸福生活又赌光了。他不得不又重新回到小城里，继续用一把电钻讨生活。

多年后，隔着玻璃，鲜艳的服装和水晶玻璃的华丽让他怔住了，远远地望去，她的店子重新装修一新，还请了工人，现在，她端庄地坐在台前收银。

真的，那双皮鞋，那双风尘仆仆的皮鞋多像他的生活一样困苦。现在，他必须拿去修补一下。

您好，需要修鞋吗？她显然没有认出他来，他穿着发旧的工作服，像一个民工一样，他的身上，头发上都是灰。

修鞋！他说。

他看见她抬起头，她涂了口红的嘴巴张大了，她说，天啊，是你。真的是你？你终于回来了？她从椅子上跳起来，她的眼睛还像从前一样闪着星星一样的光。

你要是敢再来骗我女儿，信不信我叫警察把你抓起来。小沫的父亲挡在他面前冷着脸对他说。

接着，他看见他那双破旧的灰尘满面的鞋子从鞋店里飞出去，像是飞出的炸弹一样，瞬间围了好多人。他们很惊奇，说，哎呀，你们看，那人不是余总的儿子吗？他是有钱人家的人。

他苦笑着，眼睁睁地看着他那双灰尘满面的旧鞋子在店门口翻了几个小跟头。

◀ 远 门
························

我丑、矮、弱智，常常被锁在家里。这天，锁打开了。

大喜，我要带你出远门！我的大姐这样对我说。

出门，我已经很高兴了，还要出远门。我当然很期待。

大喜，其实你一点儿也不丑的。就是矮了点儿。大姐递给我一个椰子喝。可我听了大姐的话还喝得下去吗。

我又丑又矮，是家里的包袱，可这能怪我吗，我母亲生了四个女儿才生到一个儿子。我的三个姐姐长得如花似玉，可轮到我就变得丑了。但我有一个喜庆的名字，大喜！

大喜，我要带你出门去玩。你要是走不动了，我背你去。我的弟弟大胜说道。他是全家人的荣耀，就连父亲也听他的。这时，我的三个姐姐争着抢着要牵我的手。正当我高兴得大叫时，大胜做了个鬼脸，他一个转身就跑掉了。

谁要带你出门，我要你离我远远的，越远越好，你这个傻子。大胜边跑边说。其实，这些都是小时候的事情了。

我没有上过学，一个人在外面玩时，镇上的人会喊我傻子。他们用石子砸我的头。经常，我会顶着额头上的血块回家。

这是被别人打的呢，还是自己磕碰的呢。总之，大喜不能再一个人出门了。父母说。

偶尔，我二姐蝴蝶一样飞到我身边，问，大喜，你说我的新衣服好看吗？

嗯，不好看呢。我吐字含糊不清，只有家里人能听得懂。

大喜，你真傻，这是今年最流行的长裙子，这么好看你还说不好看。二姐说。

大喜懂什么，她是个傻子。三姐纠正道。

二姐把她的旧衣服打包扔给我，我的衣服穿不完，都是姐姐们丢掉的，有的大了，有的小了。但母亲说，有穿的就不错了。

有时，我的弟弟大胜从外面风一样地跑回来，他怒气冲天，远远地喊，大喜，大喜！

我坐在椅子上还没反应过来，他就向我冲来，对着我的腿踢了两脚，好像我坐的位置阻碍了他通行一样，是的，我伸长了腿，可他可以跳过去呀，我把受伤的腿缩回来，就看到他要哭的样子，好像疼的是他，不是我一样。我知道，他在发泄心中的怒气，他又在外面被同伴欺负了。他们骂他，你家有个傻大姐！你有个傻大姐！

我亲眼看到过他的眼泪在眼睛里打滚。

真的，小时候的事情都过去好多年了，现在，三个姐姐都远嫁了。大胜再也不打我了，因为，他也长大了。他娶了媳妇艳茹。

我们就搬到了城里。

艳茹很漂亮，她的花裙子可真多，她喜欢在有月亮的晚上出门，那时候月亮又圆又大。

其实，春天还没有来到，但她迫不及待地穿上了夏装，露出白嫩的长腿。那时候，春天的风还有些寒意，我还裹着厚厚的薄棉衣，我问艳茹，你冷不冷呀。

她说，冷什么呀，我身上热乎着呢。然后，她像只麻雀一样在我耳边叽叽喳喳，大喜，我要领一个男人回来许配给你哟。

艳茹说这话的时候，眼睛很亮，像黑暗里的星星一样。

不。我嘟着嘴，含糊不清地吐出一个字。

不，我就要领一个男人回来拯救你。艳茹学着我说话的样子，自己咯咯地笑着。

母亲从厨房里出来，大喜快40岁了又是个傻子。你还拿大喜寻开心。你不会是开始嫌弃她了吧。

什么？领个男人回来？你试试看，看我不打烂你的脸。大胜从沙发上呼地站起来吼道，好像艳茹真的领了个男人回来一样。

一个早上，我顶着一头乱蓬蓬的头发从屋里走出来，艳茹就拿来梳子，帮我梳了一个怪异的头发，她给我涂了她的口红，随后，她将一件短裙子给我套上，把我打扮得不伦不类，我不喜欢这些，可她说，大喜，我这有好吃的哦。然后，我就得到了一颗巧克力。我呵呵地笑着。她看着我竟然大笑起来。

一个阳光灿烂的下午，艳茹真的领了一个穿西服的男人回来，他们手牵手从我面前走过，那时，我坐在院子里发呆，大胜在小

最美的年华遇上你

县城里做生意，忙得成天看不到人影儿，他最大的收获就是自己盖了一个私房。白天的时候，家里人出门，他们会在门上挂一把锁，这个不算太大的院子就属于我了，四角的院子像井口一样，但能仰望天空，看云朵，看天上飞过的鸟儿，院子里开满了玫瑰和月季，这些都是艳茹种的。

艳茹说，大喜，进来哟，帮客人倒杯水吧。

我就跑进屋了。

艳茹仿佛想起了什么，夺下我的水壶说，你的手到处摸，不干净的。还是我来吧。

艳茹把水壶放下，转身去拿茶叶。

那个男人走到我跟前，他弯下腰看着我，他戴着的黑色镜框差点撞到我的额头了，他弯腰打量着我，然后直起身子，伸出了手，说，你就是大喜吧。他伸出手就捏住了我的手，我长这么大还没有哪个陌生男人捏我的手，我吓得哇哇大叫。

艳茹拿着珍藏已久的普洱茶慌张地跑出来，把茶叶都掉在地上了，她对我说，你叫什么啊，小声点儿，大喜，莫把客人吓到啦。

那个男人抽开了手，他说，我和大喜握了一下手，可她吓坏了。

艳茹松了一口气咯咯地笑了，你以为她是正常人吗？

艳茹往我嘴里塞了一个剥了皮的橘子，你可别乱说啊，大喜。

我跑到院子里看蚂蚁去了，蚂蚁成群结队地扛着粮食，这是要下雨的前兆吗？我一直低着头用手指捏蚂蚁。捏死了好几只蚂蚁。

大胜回来了，他问我，大喜，艳茹呢。

我说她在屋里呢。

过了好一会儿，大胜喊我回屋，他说，大喜，你越来越傻了，艳茹都还没有回来呢，你偏说她在屋里。

有一天晚上，大胜和艳茹吵起来了。第二天，大胜出门，艳茹也穿着她的花裙子出门了。她对我说，大喜，我要出远门，出远门呢，你懂吗？

很长一段时间我都没见到艳茹回家。

这天，90多岁的父亲突然不能起床了。大胜还在生意上忙着，他经常都是晚上太阳落山了才回来。有时候还把自己喝醉。

大喜，父亲病了就依靠你啦。你要帮忙递水拿药。我只有老实地待在父亲的病床前。

我的三个姐姐是一个晚上赶回来了，我才知道，父亲走了。我的大姐把苹果洗得发亮，她递给我，说，大喜，多吃点儿，父亲不喜欢你，可最后病床上的依靠竟然是你呢。

父亲走了没过多久，我的母亲也在阳台上睡着了，我说，你怎么在地上睡呀，母亲好像没听见一样，她还是睡在阳台的地板上，秋天的风很凉，我只好抱了一床被子给她。到了晚上，大胜回来了。大胜喊了几声母亲，可母亲没有答应，大胜哭着说，大喜，母亲走了，你真傻，母亲倒在阳台上，你也不知道叫个人来。

没有了父母，我在家里更忙了。

家里连个做饭的人也没有，大胜说，大喜，你要是会买菜就好啦，可你连个钱都不认识。大胜又在厨房里喊我，大喜，快帮我拿个盘子过来，其实盘子就在他的手边，可他就是要我递给他。

我和大胜手忙脚乱，外面下起了雨，大胜又喊我去收衣服。我天天忙得要命。可大胜总是对客人说，大喜在家里什么事也不会做，她只会做一些三岁小孩子的事情。

大胜怕我乱跑，每次出门的时候就用一把大锁把我锁在屋里。

我越来越胖了，身子像十五的月亮一样圆润。我的几个姐姐再次从外地赶来的时候，她们见到我，吓了一大跳，大姐说，大喜全身浮肿，医生说，病毒扩散了。二姐和三姐很发愁。

我不知她们在说什么，她们很关心我，又把一些花花绿绿的水果塞给我吃，好像我发了一场饥荒一样。

大喜现在已经不能进食了，但她还可以走路，大胜说，不如，我们带大喜出门玩吧，出去转转吧。

在小城住了这么多年，大喜还没有出过远门，还没看过这人间的繁华呢，是得带大喜出门。她们说。

这个决定让三个姐姐都很兴奋。她们聚集在一起像开会一样的热闹。她们集体计划着到远方。

三个姐姐和我的弟弟一起带我坐车转船，离开了小城，去了市外一个陌生的古镇，大胜还为我买了门票，我记得那里有长椅，方桌，有地方小吃一条街，可我们还没到景区门口，就发现路边的游人好奇地打量着我，有的还指指点点，三个姐姐和弟弟轮流搀扶着我，这异样的眼光最后又落在他们身上，是的，我又矮又丑又弱智，见到这些新鲜的事物，我一高兴就不停地啊啊大叫。我的回头率远远地超过了街上的美女。这些疑惑的鄙夷的不友好的目光，终于让大姐忍不住了，她大吼一声，看什么看呢？大姐的声音很大，把旁边的路人吓了一大跳。

最后大家商量，到一个偏僻的地方去，他们最后带我去了郊外，说是去看稻子。

稻子有什么好看的，以前住在镇上又不是没看过。可大姐说，稻子不但好看，还好吃。

天空下，一望无际的稻子，有的是青的，有的快黄了，它们在风中起伏，真的，我还头一次见到这天地的广阔，哪怕只是一大块稻田。我最后看到稻田里有一小片稻子倒伏在田里，它们低垂着头，风拂过也不能左右晃动。

这稻子是被大风吹倒的，还是被牛践踏过的呢。二姐问。这稻子是自己发了病呢，就像大喜一样。大家听了都不作声了，三个姐姐无心看稻子，她们只看我，说，大喜，这里好玩吗？我乐得呵呵笑。

才走了一会儿，我就走不动了。大胜想了想说，大喜，我来背你。三个姐姐问，你是真的背大喜吗？

真背，大喜，我从来没有背过你，小时候说背你也是骗你的，这回一定要背你一回。来吧，大喜。大胜已经蹲在我的脚前了。我被大胜背在身上，我双手环着大胜的脖子……这一刻，我差点幸福得在大胜背上睡着了。三姐说，大喜，你不能睡的，她们又把我拍醒。

穿过了一片稻子，就看到了一个清澈的湖，大胜累得直喘气，他背不动了，就把我丢在地上，湖水里有几只白鸟飞过，我低头又看到了蚂蚁。我喜欢看蚂蚁搬家。这里蚂蚁可比家里的蚂蚁大了许多，有的还爬到了我的衣服上，我就把它们捉下来。没有捏死的蚂蚁，它们在我手中逃掉了。大喜，你走累了，就在这里歇息一下吧，我们一会过来找你。三个姐姐把大胜喊走了。

太阳落下去的时候，我醒了，才知道，自己竟然在湖边的灌木中睡着了。静静的湖边，三三两两的人也已散去，偌大的地方，一个人也没有。古镇那么多的人群呢，走着走着就走光了。四周静得可怕。镇上古老的建筑远去了，无边的稻田远去了，只有无尽的黑暗要将我包围。

突然，一个手电筒晃过，我听到一个声音，这里还有一个人。不用说，几个来湖边夜钓的人发现了我。

你怎么还不回家，天都黑了，你不怕吗？有人说。

我摇了摇头，我又渴又饿连说话的力气都没有了。

你家住哪里，你叫什么名字。他们问了一连串的问题，我一个也答不上来，只呵呵地笑着，这才把他们吓了一大跳。他们凑近看了看我。是一个傻子。其中一个人说。

傻子？她是迷路了吧？他们用手电筒照着我，为我拍照，然后发在了朋友圈，说，网络这么大，她的家人会找到她的。他们拿着鱼竿走开了。

我走向湖里，伸手就可以触摸湖水。我实在是太渴了，像牛一样低着头喝着水。只有头上清凉月光把人间照得很亮。

我的弟弟大胜回来了，他大声地喊着，大喜，大喜，我仿佛又回到了童年，家里的人都在找我，他们喊着大喜，大喜，你回来，你回来。大胜坐在地上哭了，他是家里唯一的香火。他一哭，家里人都要围着他转。现在，他一个人生活在一个孤独的小城里，夜晚是那么黑，我听到大胜号啕大哭，好像哭的是他自己的人生一样。我不认识回家的路，我张了张嘴，可是怎么也发不出声音了。外面的世界这么大，我庆幸自己在人间走过这一回。

我看到了艳茹，她还是那么美。大喜，大喜，你醒醒，你醒醒。大喜，我把你带回去，真的，我带你回家。我再也不给你穿裙子，涂口红，我再也不随意带男人说许配给你了。大胜一定会原谅我的。对不对。

大喜，你醒醒，你说，我们的家还回得去吗？你说，究竟是谁把你丢在冷风中的……艳茹就在我旁边，可我怎么也抓不住她的手。

月光躲进了云层，豆大的雨点砸在人间，发出啪啪的声响。我听到哭声一声高过一声。我仿佛又回到了童年，回到了镇上，回到了父母的怀抱，回到了那群孩子中。

他们说我丑、矮、弱智。他们向我扔石子，他们说我从来没出过远门。

◀ 最美的年华遇上你

　　傍晚的时候，蓝小眉会为客房里送去一碗米茶。米茶是免费的，成本低，但客人们喜欢喝。再晚一点的时候，蓝小眉就是坐在台灯下发呆，看玻璃水缸里两条金鱼慢腾腾地吐着泡泡。

　　寂寞的时光就像自家经营的这个农庄，如果不是到节假日的到来，这里是没有客人住的。大部分人都是来旅游的，皆为过客，直到那个暑假，大一的柳小眉遇到了阿莱。

　　那是自家农庄里的一场饭局。有熟悉的和不熟悉的朋友，席间热闹非凡，蓝小眉不喜欢热闹的场合，但哥哥说，去，每人上一碗米茶。就这样，米茶端到桌上时，客人们把她也留在了桌上，她只顾低着头吃饭，恨不得把脸埋到盘子里去。餐桌上所有的男子都喝得大醉时，一个叫阿莱的人很豪爽地拿起杯子，他高大英俊，颜色亮丽的黄色 T 恤，把他的皮肤衬得很白，在一群黑皮肤的男子中让人眼睛一亮，他一仰头把最后的一瓶啤酒全部倒进胃里，惊得众人眼睛一眨一眨的，所有人的目光都聚集在他那里。

在桌上，蓝小眉见得拼酒的人多了，他们生怕自己多喝一点，都是以灌醉别人为目的，可是眼前这个男人，生怕自己喝不醉一样。

酒量能证明什么呢，不过是想证明胆子比别人大点吧。蓝小眉嘴角弯出一个笑意，继续吃菜。好像自己经过了一场饥荒。

这个城市多的是寂寞的人和寂寞的时光，有人提议去歌厅唱歌，并且是桌上的人一个也不能少。蓝小眉想着楼上的两条金鱼，需要投食了，赶紧为自己找了个借口，转身走掉。

刚走到楼上，就接到一个陌生人的电话，为什么走了，要知道是我请客呢，不能给一点面子吗？厚实的声音从手机的一端传来。回来吧，我在楼下的门口等你。是阿莱的声音。回过头，果然看到门口那个高大的身影，他拿着手机，露出洁白的牙齿对她微笑。

坐着车子，去了农庄不远的歌厅。阿莱没有唱歌却拉着蓝小眉轻快地踩着节点跳舞。他变着花样穿梭的步子，赢来口哨声，阿莱，你小子挺会看人的，蓝小眉可是我哥们的妹妹，你可别把她拐跑了。

我就是要拐跑她，不行吗？他低着头凑在她耳边说，请配合一下。居然他用双手把她的腰搂了一下，只一下，她的脸差点贴到他的嘴边。回去以后会接我的电话吗？他又在她耳边问道。

怎么，有难以启齿的事情不能接吗？她问。

更深的笑意浮在他嘴边，他更紧地搂住了她的腰，用一种异样的眼光看着她。

为什么用这样的眼光看着我，难道你想和我一夜情。蓝小眉推远了他。

仿佛被人看透一样。阿莱自嘲地笑了一下，既然被你看穿就没有意义了，我还是做那个清白的人好些。他陡然地放开了她，加入了唱歌的队伍。

蓝小眉遇上过很多暧昧的男子，可是这样一个男子她却无法拒绝。是的，他不就是她要的那碟菜吗。阳光、英俊，还带着一点小小的痞气。

很多事情不是喜欢就得去做的，蓝小眉拂袖而去。

青青说，我没看到比你更虚假的人了，喜欢为什么不说出来呢。你总是在人群中戴着面具。青青总是一眼就能看穿她，到底是闺蜜。

蓝小眉再一次远离了人群和金鱼做伴。那个夜晚，她看着两条金鱼无比温暖地吐着泡泡，她重新给金鱼换了水，两条鱼儿欢快地游畅，几乎到了你追我赶的地步。原来看着金鱼游荡的时光也是美丽的。

从前寂寞的时光，她只想换来和他的一次相遇，这就够了。那个叫阿莱的男子，他就是她心中的那个人。爱情，只需一眼，是的，她的心早已呼啦啦地飞扬了，就像晾在阳台上的白衬衣，呼啦啦地在风中。

早上，柳小眉给金鱼投食，一抬头，她看到阿莱和几个人背着相机出发了。

发什么呆呢，快点把米茶，给客户送去吧。哥哥在门口喊着。旅游的黄金季节大宾馆爆满了，农庄也爆满了，早上又来了几个

最美的年华遇上你

新客人。

早上的生意，还是你自己送吧。柳小眉像猫一样窜到洗手间里，把水龙头扭得哗哗作响。

咦，小丫头片子敢和我对抗了，昨天你疯到几点回来的，我待会儿来和你算账。哥哥一转身下楼招呼客人去了。

恋爱是什么样子，是买无数的衣服和化妆品，直到把银行卡刷得干净为止。柳小眉从商场出来，青青问，怎么，恋爱了吗，很少看到你这么冲动的。

蓝小眉提着那些满满的购物袋，从左手换到了右手，又从右手换到了左手，突然觉得很沉重。这些衣服当然是准备恋爱的。柳小眉眼睛里都是笑意。

不要戴着面具好不好，爱他直接告诉他得了，好歹也得到了一个结果呀。青青说。

也许，恋爱需要的就是等待。半夜的时候，手机的铃声很刺耳地响起。蓝小眉迷迷糊糊地拿起手机，竟是阿莱。

你好，出来喝杯茶吧，我知道你不喝酒。纯正的普通话。

确切是喝茶而不是喝酒吗，像柳小眉这样妖气的人，本来是有很多人找他喝酒的，只有在最喜欢的人面前，她才装成滴酒不沾。

他来了，你说我去吗？早已决定了自己的情感去处，却还是忍不住给青青打了电话。

为什么不去呢，那一堆新衣服不就是为这一刻准备的吗？闺蜜一语点破。

穿了最喜欢的那件粉红色的裙子，紧身的，料子极好，有着落花流水的旗袍味道，心里像春天的柳絮一样飞扬。大凡和喜欢的人相见就是这样的心情吧。

阿莱是喝多了酒是出来兜风的。他说，我想围着这个城市转到天亮。

一直是个心有杂念的人，可是，他看到柳小眉的那一刻，才感觉自己的内心纯净得像雨后的天空。

你喝了酒，不能开车。柳小眉提醒着。

我就是喝了酒才想把这个城市转个遍的，不喝酒还真没胆量呢。话还没说完，阿莱一踩油门，车子飞一样地跑起来。小城很小，八月湖边的公路飘来阵阵荷香，十点多的时候，是大城市夜生活的开始，而小城的路上基本没人了。微弱的路灯，车子停在湖边。一轮月亮倒映在湖里，像一个大大的完美的句号。

我喜欢这个城市的宁静和悠闲。如果可能，我真的希望自己就生活在这里。他侧过头轻轻地吻了一下她的额头。你真美。他说。

有人说过，这世间，最强大的洪水猛兽，莫过于帅哥美女，但如果只是帅还不够，还必须有足够的勇气告白。

阿莱凑在蓝小眉的耳边，声音轻得像一丝风一样，在我的身边，从来不缺的就是女子，曾经因为有很多女子而暗自高兴过，但现在，我只想为一个女子而暗自高兴，那就是你。从见到你第一眼的那时起，我就认定了我的幸福和你有关。做我的女朋友吧？

荷叶和青草的香气一阵阵传来，世上最美好的事情是什么，就是当你爱上他的时候，他正好也爱上你。

天快亮的时候，蓝小眉说了再见。其实谁都知道，来这里旅游的人都是会返回的，皆为过客。

我们牵了手，最后吻别，除了这些，我们可什么也没做。蓝小眉最后还是告诉了青青。

不会吧，居然什么也没做，你怎么那么虚假呢，明明想的是和他天长地久，可是，你们什么也没做，到哪里天长地久呢。青青在电话里大惑不解。

幸福和银行卡一样，也会一下子刷完的。自己的幸福是不是也刷得精光了呢。

柳小眉在鱼缸里投了很多食物。不到半天，一条金鱼，突然暴毙。

没事的时候，柳小眉在网上搜到了阿莱的微博。竟是另一个城市地产商的儿子，出名得需要随时戴着墨镜，追随的女子不计其数。

什么是距离，这就是距离。为了爱情，她大学毕业后也愿意飞到他的城市的，可是现在没有这个必要了。

阿莱每天早出晚归。她知道，他除了旅游，更重要的是在这里查看房地产开发的事情。

傍晚的时候，阿莱和他的几个朋友在院子里喝茶，当地的苦荞茶，和米茶同味，男男女女四个人围在一起，喝得津津有味。他们喝的是茶么，是快乐吧，其间有一女子是新住进来的，和阿莱戴着同样大的墨镜，很瘦很高很妖的样子，阿莱把桌上的莲子米剥成两瓣，放在女子樱桃一样红润的嘴唇里，女子媚眼里都是幸福的笑意，她猫一样地趴在阿莱的腿上，月光下，她的皮肤又白皙又健美。

柳小眉穿着平底鞋从旁边经过，轻得没有一点声音，但还是被阿莱叫住了，柳小眉，来吧，和我们一块照张相如何。

来吧，来吧，猫一样的女子也热情地招呼着。她穿得很暴露的衣服，胸前蕾丝的内衣隐约可见。

来吧，亲热一点儿，阿莱一手挽着猫一样女子，一手挽着柳小眉，很滑稽的样子。柳小眉居然笑了，因为这样的时刻她知道如此短暂。

几个人立刻围着相机看照片。

这个时候，面对阿莱，柳小眉自己也没有想到居然还能露出如花的笑脸，你们是要回了吧，她很轻松地问道，好像她和他什么也没有发生过，好像她和他的从前就是逢场作戏一般。

是啊，明天就得回去呢，道别的机会都没呢。阿莱耸耸肩。

快来看啊，阿莱，这地方的农家女子个个水灵啊。猫一样的女子喊着。她远远地看了柳小眉一眼，说，需要帮忙时，你只要拿着照片找我们就行的，关键的时候可做通行证。女子咯咯地笑着。

有时间到 N 城旅游了，也可以去找我们的。阿莱递给她一张名片。

名片上有某大房产分公司董事长和经理的字样。

他是告诉她，他的身份吗？高高在上又遥不可及的那种。

大概，这就是结局。一个腰缠万贯的少爷，一个大一的女学生，在猫一样的女子眼里，她就一个农家女而已。

这个暑假，柳小眉再也没有送米茶了，复习了课本，准备以后考研。

各大城市的楼房越做越高越做越大，从一张报纸中她看到了那个猫一样女子的现状，一个时装模特，和他一样出名。

有人说过，期待，是所有心疼的根源。她还在期待和他相逢吗？那是多么地遥不可及。于是，柳小眉毅然地换了手机号，那个名片上的电话，她一次也没打过，爱恋终是没有说出口。

多年后，柳小眉从国外留学回来，拥有了一份精致的白领生活，从主管到经理一路飙升，随便一件衣服穿在她身上，都显得与众不同，美丽得像模特，相亲，谈恋爱，周旋在众多英俊的男子中，却依然找不到中意的那个。皆因，她的心里满是他。哥哥开始担心，柳小眉这孩子该不会独身吧。

再回到农庄，已是十年后，古色古香的旧农庄已整体装修一新，不远处，有空落落的建筑房，那里寂静空荡，和这边的热闹形成鲜明的对比。据说，这里有一个建筑房的老板不明原因弃楼而逃，这当然是旧新闻。

柳小眉站在窗口，给金鱼投食，她依然想起了那个叫阿莱的男子。一低头，她看到了楼下一个穿着黄色 T 恤的人，背着大大的旅行包。大凡鲜艳衣服的男子，她都要多看一眼，一如从前。一时，柳小眉怔住了，是他吗？黑了瘦了，佝偻着背，俨然一个老年男子的形象，他不住地咳嗽，好像受到什么惊吓一样，他匆匆地接了账，像是逃避什么一样快速地从柜台前离去，就在刚才的窗口，他是不是也看到了她！？重逢是一件多么可怕的事情。她的全身都在发抖。时光是个雕刻师，在不同人的身上雕刻着不同的人生经历。那么，他是怎样度过了这十年。

再追出去时，看到了他遗落在柜台上的一串小佛珠，那是他经常戴在手腕上的，她记得。

那个穿黄色 T 恤的男子掉下的吗？都老成那样了，还偏爱那样鲜艳的颜色。据说还是个房地产开发商，这怎么可能呢。哥哥一边清理着现金，一边拿着小佛珠对柳小眉说道。

还是丢掉吧，这串小佛珠估计他是再也不会回来取的。柳小眉对哥哥说。

是的，就像属于柳小眉长达十年的暗恋。回来取，或是追出去，都找不到从前的路了。

夜晚，只有一条孤独的金鱼还在鱼缸里慢腾腾地吐着泡泡，发出"叭哒、叭哒"的声响。

◀ 爱到荼蘼

　　五月的大学，程怡然匆匆地背了相机，拉了淡小丝一路小跑着到了郊外的田野里，他决定，到花开的地方对淡小丝把心敞开。

　　程怡然咔嚓咔嚓地按着快门，他拿着相机对着淡小丝。十八岁的淡小丝美得精致，她穿素白的短裙，露出修长的小腿，偏偏淡小丝脱了鞋子，用手提着，赤脚站在田埂上，那双脚在绿草丛中无比地生动。

　　程怡然简直看呆了。是的，看呆了，程怡然看到眼前划过一道灼目的光芒，红得灿烂耀眼，他想起《诗经》里桃花，桃之夭夭，灼灼其华的美丽，可是，那不是桃花，是田野里燃烧着的秸秆突然飞到淡小丝的脸上来了，一瞬间，淡小丝桃花一样的笑脸凝固了……程怡然脸都吓白了，他发现，心里的话还没说出口，淡小丝那张艺术品一样的脸被自己失手打碎了。

　　医生说，恢复原样，需要很长很长的时间。很长的时间是多长，一年，两年，十年……总之，是一个未知数。淡小丝的脸上多了一道醒目的伤痕，被火烫过的地方，一片乌黑。程怡然心里从没有过的沉重。那款新式的相机早已从手中滑落。

外面的天空突然黑了下来。程怡然盯着淡小丝的眼睛，认真地说，我会对你负责的，小丝。

这句话或者有点乘人之危。在以前，对于淡小丝程怡然只有仰慕的份。现在，淡小丝变得难看了，程怡然才终于有勇气说了出来。事后，程怡然觉得自己这种想法有些无耻。不过，爱情有时候需要无耻。程怡然甚至觉得自己的目光都有些无耻了。

淡小丝皱了皱眉头，扑哧一笑。她到现在了居然还笑得出来。可见有着良好的心理素质。淡小丝回过头来瞥了程怡然一眼，说，这话听起来，好像你怎么我了似的。淡小丝的嘴角有一丝嘲讽和不屑，她低着头修她那长长的指甲。程怡然点燃一支烟抽得啪啪直响。原来，白天鹅变成了丑小鸭也是那么高高在上的。可是，谁都知道，白天鹅永远是白天鹅，即使是折断了翅膀。

这个春天，程怡然的心里空落落的。他眼睁睁地看着淡小丝把一头秀美的长发剪成了齐耳的短发，为的是低头的时候能挡住那半边脸。到底，一个女孩子是在乎自己面貌的。

学校放假的时候，程怡然学起了烹调，他会跑到两公里外的郊区采撷荷花，用面煎好，递到淡小丝面前，看她嘟着嘴唇说，程怡然，你对我真好。把我的胃都惯坏了。程怡然搓了搓手，傻呼呼地笑。早上，程怡然会准时提着一个大大的盒子，刚刚熬好的红枣粥正冒着热气。红枣粥是美容的，趁热吃吧。程怡然拿出了勺子，说，嘴巴张开。淡小丝的心里一热，嘴没张开，泪就先流出来了，程怡然用手在淡小丝的脸上轻轻擦，可淡小丝的泪水越擦越多，像断了线的珍珠大颗大颗往下掉。程怡然一时慌了手脚，说，别再哭了，要不然，别人还真以为我怎么你了呢。淡小丝的泪水突然止住了，破涕为笑说，你把我的脸都擦痛了呢。

这淡小丝一定是程怡然上辈子就欠了她的，他的这一生是来还债的。

没过多久，程怡然和淡小丝毕业了，淡小丝留在了北京，她说，我要等一个有钱的人来找我，带我去整容，给我幸福的生活。程怡然说好吧，他回答得这样爽快，好像，程怡然和淡小丝在一起的时光都是逢场作戏一样。程怡然黯然地走了，他是一个穷得叮当响的人，有什么资格去给爱的人一个幸福生活呢。他要一个人去西藏，他知道，在那里做一个小小的工程施工员都可以挣很多很多的钱的。没有爱情，那么有钱也是好的。

列车徐徐开动，淡小丝问，你去哪里，程怡然笑了，只说去很远的地方散散心。程怡然一改往日的沉默对着淡小丝喊起来，我会对你负责的，小丝。那声音被风吹了很远，她看见淡小丝的眼睛亮晶晶的。程怡然的脸贴在玻璃上，看被抛得越来越远的淡小丝变成了一个黑点。没有人能看得见，明净的车窗上被压出一个湿湿的唇印。离别的泪水，对于男人来说，只能盛在心里的。他知道，从此和淡小丝天各一方了。

西藏的空气很干燥，几天来，程怡然无法适应那里的气候，他是来修路的，长长的油路得五年的时间完成。他觉得日子有些遥遥无期。程怡然白天上路，晚上喜欢一个人在空旷的大地上发呆。那个风轻云淡的夜晚，程怡然觉得鼻子一热，竟然流鼻血了。空旷的场地上，显得孤零零地。

有人轻轻地拍了程怡然的肩，接着，一双纤细的手递过来一张心心相印的纸巾，给你。那声音很好听。程怡然一回头看到了艾米。艾米高挑的个子，大波浪的卷发，眉眼生动，是这个工程项目经理的千金小姐，她是来这里实习的。

纸巾透着一股清香，立刻在程怡然的手中化作一团。程怡然说了声谢谢，抬头打量着艾米。面前的女孩，穿着素白的短裙，露出修长的小腿，那镶着花边的短裙和淡小丝的一模一样，是黑白相间的那种，程怡然最喜欢了，他的心呼啦啦地飞动了，恍惚中，程怡然又看到了淡小丝的样子。

艾米的笑容让人心生暖意。她同时递过来的还有一瓶水。程怡然问，为什么突然路过这里。艾米说，这不是突然，是蓄谋已久，程怡然，我喜欢你。艾米的话直白得让人简直不敢相信。程怡然像雕塑一样愣在原地，除了沉默，程怡然不知道该怎样回答。爱情来得如此之快，是让人所料不及的。可是，他不需要爱情。他要挣足够的钱，然后回到北京。

常常，艾米凑着粉嘟嘟的嘴问程怡然，怡然，你喜欢我吗？程怡然一时无语。只傻乎乎望着艾米发笑。他的心里已容不下任何人。

艾米会在清晨对着程怡然的窗子大喊，程怡然，快起床啊，要到工地了。大清早的，你不能小点声音啊，程怡然伸出头来，他哭笑不得。艾米把手围成一个喇叭形继续喊，怡然，我就知道，我一喊，你就会起床的。楼上的同事纷纷伸出头，程怡然闹了一个大红脸。程怡然的门刚打开，艾米就像完成了某项任务一样欢天喜地地蹦进来了。

一个女人大清早在男人的寝室里，你要让众人皆知啊？程怡然有些恐慌。来，我告诉你，程怡然的头刚伸过去，艾米一张嘴如鱼捕食一样，轻轻地在程怡然脸上啄了一下，淡小丝咯咯咯地笑开了。我就是要让全天下的人都知道，我喜欢你，程怡然。艾米端着程怡然的一盆子脏衣服走进了卫生间，把水放得哗哗直响。

艾米穿着素色的裙子，她知道，程怡然不喜欢艳丽的女孩子。艾米素静的样子倒真的很能打动人的。爱情，的确会让人改变很多。曾经沧海难为水，除却巫山不是云，程怡然的心又有谁能懂。

春天的阳台上，艾米为程怡然洗好的白色衬衣已经干了，正扑啦啦地飞翔，五年了，工程已完工，程怡然已经有了足够的钞票，他的心早已飞到了省城。他对艾米说，谢谢你照顾我，艾米。

离开了西藏，程怡然坐了几天几夜的火车回到了自己日夜思念的北京，那里，有他的大学，有他深爱的人，无数次想象过与淡小丝重逢的情景，他甚至想到，见到淡小丝的那一刻，他一定会亲亲她的脸，然后说，你要的美丽和幸福的生活我都可以给你了。现在，程怡然的钞票鼓鼓的，他不再是那个胆小怯弱的青年了。

程怡然在淡小丝经过的路口等她，仿佛多年以前。他记得淡小丝说过的话，等一个有钱的人，给她整容，给她幸福。现在，淡小丝要的一切，程怡然都有了。淡小丝的生活平静，每天过着朝九晚五的白领生活，一直单身。这是程怡然早已掌握好的。几天之后，程怡然终于从人群中看见了淡小丝，她戴一副大大的墨镜，把眼睛挡得严严实实。现在的淡小丝穿精致的套装，美得一丝不苟。

是程怡然先喊淡小丝的，淡小丝愣了好一会才认出是程怡然，叫道，程怡然，是你吗？是的，现在的程怡然，他的脸又瘦又黑，笑的时候露出白森森的牙齿。现在的程怡然至少比以前老了十岁了。你的变化真让人心疼。淡小丝感叹着。

走吧，我们一起吃个饭吧。程怡然开车把淡小丝带到北京最豪华的酒店里。还没坐下来，淡小丝就问，你怎么变成这模样了。淡小丝的话直奔主题。程怡然嘿嘿一笑，去了一趟西藏，挣了很多的钱，不都是为了你的那一句吗？淡小丝一愣想起来了，说，是为了当年分手的那句话？程怡然点了点头，握住淡小丝的手。

唉，我可怜的怡然，那是随口说的呀，你真傻，原来，你一声不响地去了西藏，就是为了这呀。淡小丝摘了眼镜，我脸上的那道伤疤早就恢复了呀，可能恢复得太完美，和以前的一模一样了，连你都看不出来了。

程怡然愣在那里，刹那间，程怡然觉得自己又错了，错到无法更改。原来，那道伤痕不在脸上，只在程怡然心里。爱情是什么，爱情只是一路追随的过程。

没有了爱情，有了更多的钱也是好的，程怡然本来是打算带淡小丝去整容的，看来，现在没有必要了。淡小丝依然么年轻。依然那么高高在上。那顿饭花了程怡然四位数字，桌上有美酒佳肴，可程怡然吃得无滋无味。饭后，一个男人把淡小丝接走了。

淡小丝介绍着，我的未婚夫，佳明。和你一样，把荷花可以做成菜的那种人。佳明伸出手来，你好，我听小丝常提起过你的。淡小丝坐进了男人的车里，对着程怡然挥挥手，脸上有着幸福的微笑。

程怡然的心里空落落的，自己苦苦追寻的人，某一天里，已化成童话里那些海上的泡沫，在阳光下永远地失掉了。

"开到荼蘼花事了，尘烟过，知多少？"程怡然知道，他和淡小丝已经走到尽头，再也回不到从前。程怡然发了短信给淡小丝，再见，小丝。

外面下着细细的雨，有人送过来一把伞，一回头，才知道是艾米，艾米什么时候跟着来了，程怡然真的不知。程怡然说，怎么会知道北京有雨呢？艾米抚了抚前面的刘海，当然知道，我一开始就注意北京的天气了。程怡然心里一热，一开始是什么时候？程怡然真的不知。他靠在艾米肩上，号啕大哭。

◀ 盛　夏

尼采曾说过，到女人那里去吧，别忘记了你的皮鞭。而现在，宋瓷瓷怎么也不会想到，那个拿皮鞭的人竟会是自己的父亲。

一条暴力的皮鞭扬过母亲的头顶！

宋子文你给我住手！宋瓷瓷对着父亲直呼其名。她的惊叫声和皮鞭一样，声音之大、之响，之刺耳，"哐"的一声清响，一个花瓶碎在地上，现在，家里的三个人打成一团。

在尼湾小镇，人们保守封闭，偏偏母亲挑战传统，穿着妖艳的游泳衣，在某个盛夏的黄昏，一头扎进尼湾河里，她鱼一样时而浮出水面，时而沉入水里，引得河里的男子纷纷回头，小镇上会游泳的女子很少，像母亲这样花样游泳的女子更少。母亲的身后是父亲，他像一个忠实的保镖一样紧随其后，她快，他也快，她慢，他也慢。

在镇上，我敢肯定，这是我见过的皮肤最白的女子。母亲成为河里男人们议论的焦点。

和她在一起的就是那个外地人吧。这些话，他们好像故意说给宋瓷瓷听的。那时候，宋瓷瓷正套着游泳圈，她暴躁地打着水花。

是的，在母亲年轻的时候，她就是镇上很多男子追逐的梦。在他们眼里，那个梦止于一个外地人，那就是父亲。

父亲是县城里的，他喜欢钓鱼，在每个休息日，他会开着一辆半新不旧的桑塔纳从城里来到河边，他撑一把又高又厚的遮阳伞，坐在一把可以折叠的椅子上，长长鱼竿伸在水里，然后把散发着香味的鱼饵撒到水里，凭他的技术，一条巴掌大的鲫鱼和几条黄板鱼总会咬住他的鱼钩。他最大的收获就是钓到了母亲这条美人鱼。

镇上的男子垂头丧气，父亲满面春飞。从那时起，镇上的男人对父亲充满了敌意。

父亲喜欢为母亲买泳衣，红的，绿的，蓝的，母亲穿在身上，成为盛夏的一道风景，更多的时候，一些男人的目光在母亲身上扫来扫去，父亲的脸就跟天气一样阴沉。

只有我在的时候，你才可以下水的。父亲从河里走上来总是喜欢对母亲说同样的话，宋瓷瓷知道，父亲讨厌镇上的男子，更讨厌他们偷看母亲的目光。

父亲在城里上班，是个小车的司机，回到镇里时，他的公文包里装的是给家里人的礼物。总是趁父亲不在时，宋瓷瓷会打开包在里面找东西，那里经常有让宋瓷瓷惊喜的东西。或者是一盒巧克力或是一盒甜心饼干，那个周末，宋瓷瓷在包的最底层，翻到了一件崭新游泳衣，它有着桃花的粉，手摸在上面就像鱼鳞一样光滑，宋瓷瓷欢喜地放回，断定它属于自己，因为她唯一的一件泳衣已经旧了。晚上的时候，宋瓷瓷还讨好地给父亲添了一碗饭，到了第二天宋瓷瓷发现那件粉红的泳衣早已穿在母亲身上了。宋瓷瓷低头看看自己，永远是一件旧款连体泳衣，现在，都开始褪色了。没有得到新泳衣的宋瓷瓷无比沮丧，当父亲把那包甜心饼干递到她手里，她更不乐意了。父亲问，怎么甜心饼干吃腻了吗，下次爸爸给你带七彩铅笔。

你们知道吗？宋瓷瓷的母亲有着水蛇一样的腰，专门勾引男人。镇上的大孩子当着宋瓷瓷的面说道。她们还学着大人的口气说，宋瓷瓷的母亲喜欢卖弄风骚，是臭婊子养的。然后哄笑着跑开，宋瓷瓷没有玩伴，她生气的时候，就用柳条抽打着树皮，树皮都打得开裂了。

母亲可不管这些，她还是和往常一样，快乐地和父亲跑到河里游泳。

有什么好看的呢，镇上的这些无赖，总是不怀好意。父亲宋子文总是不满，他喊镇上的人是无赖，他不喜欢别人看他身边的女人。

河边一个男子大步跨到水边，纵身一跃，"扑通"一声跳下河，惊得父母同时回头。

干吗和镇上的人过意不去呢，人家不过看了一眼，再正常不过的举动，被你误会。母亲竟然呵呵地嘲笑着父亲。你……父亲恼怒地瞪着母亲，然而，看到母亲越笑越灿烂的脸，立刻就转怒为喜了。多年后，父亲不会知道，他美好的生活，同样止于一群外地人。

尼湾河的水是流动的，阳光下波光粼粼。两岸的垂柳在风中摇曳。清澈的尼湾河诱惑了一批又一批热爱生活的青年人，他们开着车子来到这里，照相，游泳，休闲，这些外地人打破了小镇的宁静。

几声狗叫，几辆敞篷车，几个打扮怪异的青年男女让尼湾河起了微波，那群外地人有的用手围成一个喇叭状对着河水大喊大叫，有的脱了鞋子在河边奔跑着，尖叫着，像是找到了世外桃源一样兴奋不安。晚上的时候，他们在河边的树林里支起帐篷过夜，夜深人静的时候，吼着流行歌。

他们装扮怪异，男子留着长发，在脑后用皮筋扎着一个很细的马尾，女子剪成平头。真的，镇上的人说，这些人啊男的不像男的，女的不像女的。

他们背着相机，镜头长长的，像是深入小镇的偷窥者。中午的时候，她们吃着自带的干粮，喝着啤酒，偶尔用相机对着天空，对着河流，对着河边的一花一草，哪怕是一只蚂蚁，他们也会按着快门。

一个背着相机的平头女从院子的门口探出身子，问宋瓷瓷，你们家有人吗？在她旁边两名男子跟了过来，这时宋小瓷的母亲从屋里出来了。

得知她们是来借宿的，宋瓷瓷的母亲迟疑了一下。平头女说，大姐，我们只是在晚上借你院子住一下，不住你们屋里的，我们有帐篷。是的，这偌大的院子有很多花草装扮，靠着农户住帐篷自然方便些。她们晚上不想住在林子里了。

好吧。母亲算是勉强答应了。晚上的时候，平头女请母亲一起喝啤酒。宋瓷瓷也吃到了很多点心。那群人在院子里拍了很多照，又和宋瓷瓷母女俩照了一些。平头女摁着返回键，她指着数码相机里的照片对一个男子说，你看她们真漂亮。

有一个长头发的男子递给宋瓷瓷的母亲一张名片，说，他们住在某个城里，来城里游玩时可以随时找他的。他们还记下了宋瓷瓷家的地址，很认真地说，到时会把照片洗了寄过来。宋瓷瓷可高兴了。

天刚亮的时候，那群外地人就收拾帐篷走了，走的时候，宋瓷瓷还没有起床，她看到那群人留下了很多没有吃完的水果和一些空空的酒瓶。

家里人的牵牛花已越过了围墙，爬到了墙外，宋瓷瓷问母亲，她们真的会把我们的照片寄来吗？傻呀，他们只是说着玩的呢。母亲说。

远处，一轮落日缓缓地沉入河水，又红又美丽。得到答案的宋瓷瓷有些不乐。

院子里的牵牛花开得更艳了，红的、紫的、白的，它们争着抢着爬向院外，天气越来越热了。

母亲和父亲常常牵着手出门，他们是去河边散步的，宋瓷瓷紧紧地跟在后面，他们走得很快，不一会儿，宋瓷瓷就被挪下了，母亲回过头，喊，你快点跟上来吧。

宋瓷瓷跟不上来，她不断地踢着路边的小石子，有时候，跑到柳树边去踢树，高大的垂柳纹丝不动，她只好再去找石子踢，运气好的话，她可以憋足了劲，把一颗大点的石子踢进尼湾河里，她看着光滑的石子在不远处划出一道并不美丽的弧线，然后咚的一声掉在水里，这时候，父母停止了脚步，他们回过头来，说，快过来，踢石子是男孩子们干的事情呢。父亲微笑着对着宋瓷瓷张开了双臂。

父亲一手牵着母亲，一手牵着宋瓷瓷，他高高的个子挤在宋瓷瓷和母亲的中间，很滑稽的样子。偶尔在垂柳深处，有男子和女子在树下拥抱接吻。回去吧，父亲说。现在镇上的青年都这么开放了。父亲拉着宋瓷瓷的手转身飞快地走，生怕这些毒害了下一代。母亲小跑着才追上来，你走慢些吧。她挽住父亲的胳膊。

我们到城里去住吧，这小镇的生活总是混乱、压抑、低俗……父亲说。

好啊好啊，我也想到城里住呢。宋瓷瓷说。

住在这里很好啊，我不喜欢城里，城里也没有尼湾河。母亲说。父亲听母亲的，母亲说什么是什么。父亲只好笑笑。

夜晚，父亲和母亲在床上说着悄悄话，声音很小，但宋瓷瓷还是听得清楚，他们一会儿说到城里，一会儿说到镇里，宋瓷瓷迷迷糊糊地就睡着了，半夜的时候宋瓷瓷被一阵大笑吵醒，细听，竟是母亲的欢笑声，那笑声无比欢快，而父亲的笑声很低，他拼命地压抑着自己的笑声，最后上气不接下气。不知道父亲又给母亲讲了什么笑话了，在宋瓷瓷眼里，父亲无疑是讲笑话的高手。

宋瓷瓷坐在院子里看着地上的蚂蚁越来越多，它们扛着食物，三五成群，这是要下雨的前兆，天渐渐地黑下来，也没看到父母要出门的样子。今天他们竟然忘记散步了，可宋瓷瓷还惦记着那些石子呢。她要把它们全都踢到河里去。

宋瓷瓷这才发现，父亲背对着母亲，他看着报纸，脸色阴沉。屋子里电视机的声音很大，父亲站起来，他啪的一声关了电源，摔了报纸，又把一沓照片摔到了地上。

我都给你说过了，只有我在的时候，你才可以下水游泳。现在好了，全市的人都看到穿泳衣的你了。父亲说。

宋瓷瓷好奇地捡起报纸，上面居然有她和母亲的照片。母亲穿着泳衣，那件蓝得艳丽的泳衣正好勾勒出她饱满的曲线，不过是个侧影，是平头女照的吗。宋瓷瓷突然想到那几个打扮怪异的青年人。宋瓷瓷又把地上的照片翻开，他终于看到了那群外地人寄来的照片，可是，当她看到父亲铁青的脸时，宋瓷瓷只好把照片放回原处。

我哪知道他们在后面偷拍呢。母亲说。

你永远不会知道一个男人对着一个穿泳衣的女人在想什么？父亲把烟抽得咝咝作响。

那份报纸成了父亲秋天的心病。他每次回到家里都显得闷闷不乐。

母亲像是什么事情也没发生一样，每天画着妆，穿着精致的裙子带着宋瓷瓷优雅地穿过镇上的小巷。

母亲打扮如此精致，再次成为镇上男人们议论的焦点。

父亲不停地抽烟了，家里的烟灰缸里堆满了烟头，每次都是宋瓷瓷倒掉的。

一个穿着西装的男人站在院子前的牵牛花前踮着脚向内张望，那时候，爬满大半个院子的牵牛花刚刚凋谢，透过低矮的院子可以看到阳台上翻飞的衣服。

你在干什么呢。从城里回来的父亲把西装男子吓了一大跳。

你看我两手空空能干什么。那个男子继续向院子里张望。

你在看什么呢。你究竟想干什么。父亲宋子文吼着。

我随便看看犯法了吗？西装男子问。

父亲气得不成样子。顺手捡起地上的木棍，男子一转身跑掉了。父亲的心病更重了，这次父亲和母亲大吵了一架，过路的行人都听到了吵声。

你母亲是个坏女人。很多人来你家里门口看坏女人。镇上的孩子对宋瓷瓷说道。

你的母亲才是坏女人。宋瓷瓷脸气得通红。可他们人多，宋瓷瓷说不过。

母亲再次沦为镇上男子酒后争论的焦点，有人编造了低俗的情节，和那群来河边照相的外地人，和那个变态的穿着西装的男人。镇上的人经常聚集在小店里喝酒，然后动机不明地集体虚构、猜想。过分夸张的故事，让父亲的脾气一次比一次暴躁。

秋天，风凉了，人们开始加毛衣了，母亲还是会去尼湾河，她还会跳下水在河里游泳。这把镇上的人吓了一大跳，你母亲疯了，这么冷还往河里跑。她们对宋瓷瓷说。

河边自然会聚集一些男人和一些女人，他们看稀奇一样看着母亲。她不就是想展示一下自己的身材吗，勾引谁呢。河边上的女人说道。

走，到河边去看人游泳去吧。那个人当然是指母亲。那个狐狸精有什么好看的，看把你们迷的。

你母亲她不要你啦，她要跟别的男人跑掉呢。大人们说这些的时候，宋瓷瓷总是很生气，她愤怒地踢着石子，石子飞起来就砸到了对面的人，你这个野孩子长大了肯定和你妈一样坏。

母亲早已不顾及这些，她游上岸后听了宋瓷瓷的这些话咯咯地笑着，很是高兴。

父亲铲除了院子里牵牛花，他恨它们，这些牵牛花总是无组织无纪律，藤蔓到处乱爬。父亲平静地回到了城里，他已经很久没回小镇了。

那个没有牵牛花的小城一定没有流言，它显得那么干净而纯粹。宋瓷瓷有些向往。

冬天来得有些早，雪花飘呀飘，一直飘进尼湾河里，河水结冰了，母亲经常会在河边发呆，冷风把她的脸吹得通红。有一个天气晴朗的下午，宋瓷瓷心情大好，因为父亲说，要回来带她去城里了。

母亲挑了很多件游泳衣，她告诉宋瓷瓷，这些游泳衣有好几十件呢，她最喜欢那件宝蓝色的，那是父亲第一次送给她的礼物，母亲把它穿在身上，说是要去冬泳。宋瓷瓷吓了一跳说，河水这么冷，你会冻死的。她说，河水不冷，只有镇上的风吹得冷。

当母亲穿着游泳衣咚的一声跳到河里时。河边有个声音喊着，有人跳水啦。可冬天的河边人烟稀少。

你母亲丢下了你，要和别的男人跑掉啦；你母亲是水蛇变的，她又下水啦。宋瓷瓷不想理这些，她警惕地盯着河边，她盯了很久，也没有看见母亲的身影。妈妈，你回来，妈妈，你回来。宋瓷瓷从来没有这么害怕过。

天都快黑了，河边的人越聚越多，她还是没有等到母亲游回来，不祥的预感越来越强烈，她本来就是水蛇变的，现在要回到水里去了。她那么喜欢水，为什么河水要把她吞没。

宋瓷瓷坐在河边号啕大哭。

父亲不相信这些，他说，宋瓷瓷，你骗爸爸的吧，你母亲怎么会不回来呢，她水性那么好。

尼湾河突然清冷了许多，来河边的人越来越少，岸边荒草没膝，只有，柳枝上挂着一件鲜亮的游泳衣，美丽又醒目。盛夏，早已过去很久了。

◀ 星星是很遥远的
....

夏小蔓第一次见顾安明时，是在一场文艺汇演的后台上。清一色的女生闪着明亮的大眼睛和顾安明打着招呼，她们和顾安明分外熟悉。

夏小蔓打量这个男生，不觉一怔，他眉眼浓重，仿佛黑白片里的主人翁，智慧，英俊，脸上带着隐含的笑意，表明他良好的出身和修养。这个时候，顾安明的目光正穿过众多的女生注视着夏小蔓，带着隐含的笑意，问，这个妹妹，我怎么不曾见过。夏小蔓不知说什么，只把头扭向窗外，看窗外的花朵正艳，蓝天如洗。

顾安明高高的个子，一举手一投足的随意，都透着迷人的魅力，引着女生们蝶一样地围着他。夏小蔓的女友如萍也在其中，眉眼里全是笑意。

演出开始了，夏小蔓是领舞的，一款裁剪合适的白裙，透着她魔鬼一般绝美的身材，音乐中，夏小蔓如一朵雪花一样飘飞起来，把整个舞台上的气氛展现得异常热烈。台下的欢呼声响成一片。顾安明目光所及，心里被什么东西强烈地震动了。那个有着水蛇腰一样的女子，跳得如此从容、镇定。

晚饭的时候，顾安明径直走到夏小蔓的旁边坐下，紧跟着，如萍也坐在了顾安明的另一边，如萍对顾安明说，我们喝酒。

如萍竟端着杯子要和顾安明喝酒，桌上，几乎所有的女生都端着杯子，只有夏小蔓没有端杯，蚊子一样地说了一句，我不会。

女生们留下来继续狂欢，夏小蔓离开了。她愿意做热闹人群中安静的一个，表面平静，内心绚烂。

顾安明喜欢被女生包围的感觉，可是那个高傲得像公主一样的夏小蔓，自始至终，竟没有和顾安明说一句话，顾安明心里空落落的，只问了一句，那个怪女生叫什么名字啊。如萍扑哧一笑，呵，你是指夏小蔓吧，她不善言谈，独来独往惯了。如萍把嘴凑在顾安明的耳朵边说，她的画可是全室一流，当然，是寝室的室。这回，顾安明笑了。

第一次接到顾安明打来的电话，夏小蔓感觉自己糊里糊涂的。夏小蔓问，是哪位。顾安明用一口本地方言说着，你猜呢。夏小蔓猜了半天，一个也不对。

顾安明心里更加空落了，原来，夏小蔓听不出自己的声音，原来，夏小蔓记不住自己的。夏小蔓猜了半天，没有猜到顾安明的名字。最后，顾安明失望地说，我是顾安明，哎，在学校广播站做了这么多年，你竟听不出来。

夏小蔓不会想到，顾安明会给自己打电话的，一时间，不知说做什么好，只淡淡地说了一声，你没有用普通话，谁能猜出来啊。

顾安明告诉夏小蔓，让夏小蔓晚上注意听广播，有她的一篇文章。夏小蔓记起来了，那是文学社里交过的一篇钢笔画，画的是她的小镇，然后配了一些文字。顾安明竟然要她注意听。夏小蔓都是以图画出名，可是顾安明选了她的文字朗诵。

那声音是顾安明发出来的，标准，流利。一时间，夏小蔓沉迷了，心里暖融融的。原以为，顾安明会说出下文，比如，见面，聊天什么的，可顾安明挂了电话。

偌大的校园里，他们不曾相逢。

如萍总会带来顾安明的消息，比如，她在学校的演唱会上听到顾安明的歌声了，甚至她和他跳了一曲舞。如萍说的时候兴奋无比。

原来爱情是这么简单的事，只需一分钟，一个眼神就决定了自己的情感去处。可如萍的眼神，分明是一个恋爱中的眼神，那么地迷恋，深情。

一个异常烦闷的夜晚，夏小蔓独自走在街上看夜景。这个城市真的很美，满街的灯火自不必说，那些宣传牌卡通画，色彩艳丽，构图奇妙。有时她会停下来，看着远处的灯火阑珊，以及街边路人穿流的背影，只把画夹拿出来，勾勒着一张张行人的素描画。

夏小蔓飞快地在纸上画着。却不曾感觉一个人已在自己的画轴边驻足，夏小蔓抬起头，竟是顾安明，夏小蔓的脸微微地红了，带你回去吧，正好路过这里。顾安明脸上带着微微的笑意，英俊，明朗。

夏小蔓无法拒绝，或者，这是上天蓄谋已久的安排。

夏小蔓坐在顾安明的单车后。顾安明一路疯狂地按着车铃，骑得飞快，仿佛身后有什么追赶一样。夏小蔓的心都飞扬了，她喜欢这种飞扬的感觉，回到学校时，感觉后背有微热的目光传来，夏小蔓闭上眼，这个夜晚，灯火辉煌，花香四溢。

一路上，顾安明没有一句话，只把一张纸条递给夏小蔓，上面写着，如果有缘，我在 A 城等你毕业。不知不觉，大三的顾安明已面临毕业。

是谁说的，在那样的一个上午，去见自己喜欢的男子，然后一见倾心。是的，自从第一次看到顾安明的刹那，夏小蔓一见倾心了。

半年后，顾安明在 A 城的电台做了一名播音员。从此和夏小蔓联系中断。

二年后，夏小蔓毕业了，她毫不犹豫选择 A 城，丢了自己的画，拿起了笔，在 A 城做了一名记者。

一切都是新的，充满奋进的活力，可是，夏小蔓看中的并不是这些，夏小蔓只想离顾安明近些，那个愿望简单，不计后果。那个我在 A 城等你的纸条还在夏小蔓的手中。

一切都没有下文，如萍也来到了这座城市，如萍一来，便和顾安明联系了。如萍说，顾安明成了这个城市耀眼的星星了。

星星是很遥远的，更何况那么地耀眼，这些还会属于夏小蔓吗？

如萍说，她要追求自己的幸福。如萍的幸福是什么，不过是顾安明吧。顾安明依然是众多女士追求的对象，因为歌声和主持，在 A 城已小有名气。

爱情，一开始便横着千山万壑。众多的女子蝶一样围在顾安明的身边。

夏小蔓一直没有联系过顾安明。她大胆地穿着时尚的吊带装，露出雪白的肌肤在街上招摇过市，却不敢在顾安明面前提一个"爱"字，甚至于，她不敢去找顾安明的。夏小蔓的美，张扬、放肆。夏小蔓的爱，含蓄，内敛。

那一天，夏小蔓刚好撑着伞，等着公汽。一个女子牵着顾安明的手从对面商场里走出来，两个人没有打伞。细雨落在他们身上，无比幸福。女子打开车门，他们一同进去。那个女子不是别人，是如萍。那时候，夏小蔓记起如萍的一句话，爱情都是需要抢的。可是，夏小蔓的爱情，只有一味地等待。

那一刻，车上飘出优美的曲子，夏小蔓静静地看着，车子在身边一扫而过，原来，满世界的幸福都是属于别人的。

明知不会有任何结果，却执意尾随而来。夏小蔓没有去刻意地找顾安明，她只是觉得一切应该随缘，或者，会在某个街角里逢着，那样的爱情一定美丽无比。可是这个希望，现在，不是她想要的了。

作为记者，夏小蔓的名字在报纸上出现频频，终于引起顾安明的注意。

电话是顾安明打过来的，有一些激动，说，看到报纸上的名字不敢确定是你，今天，才从如萍那里得知，竟真的是你啊，在 A 城半年了，怎么不联系一下我。

城市并不算大，顾安明没有走进报社，只匆匆地打了一个电话，原来，到了最后，那个在 A 城等你的纸条，终究会被岁月磨损的。

如萍的电话打进来了，夏小蔓，你知道吗，我和顾安明商量着，将一起出国的。爱上一个人是一件很痛苦的事情……

夏小蔓的心一点点沉下去，直沉到无边的黑暗中，如萍的家庭条件优越，出国，对于她来说，那是一件再平常不过的事情。那祝贺你们。夏小蔓自己也没有想到会说得这样轻松，就好像回答一件和自己毫无关系的事情。如萍还在问，夏小蔓，你有过，这样的经历吗，那样深刻地爱上某个人。

我没有。夏小蔓说。她听到如萍轻轻地松了一口气。

再打电话来，夏小蔓躺在床上，是顾安明的声音。小蔓，今天有流星雨，一起出来看吧。夏小蔓知道，晚上有一场流星雨，只是自己已没有了那样一份心情。夏小蔓的声音，那么地微弱无力，说，不了，今天累了。顾安明问，小蔓，你是不是病了。

是的。谁会知道，夏小蔓是为什么病倒的呢，只有夏小蔓自己清楚。

夏小蔓去了东莞，没有和顾安明说再见。

这个时候，夏小蔓更愿意做一片树叶，被人忽略，而不是被人记起。

东莞的气候很适应夏小蔓，只是，那个 A 城却成了她梦绕魂牵的地方。

夏小蔓丢下了文字，仿佛丢下了一段过去，她重新拿起画笔，以画为生。那个春天之后，她的画开始备受关注。

那个夏天，夏小蔓参加全国的一次画展，各地的新闻媒体纷纷前来，那个画展后的晚会，夏小蔓跑到露台上看夜色。她一向不喜欢热闹的，夏小蔓穿着一袭旗袍，美丽无比，优雅无比。她的服装永远是男人们注视的焦点。可是，她却远离着人群。

小蔓。有人喊着。那声音夏小蔓熟极了，这美丽的声音除了顾安明还会有谁。夏小蔓回头。

顾安明的眼里闪着一团光亮，那脸上隐含的笑意，那么地明朗。夏小蔓的心如冬后的枯草，呼啦啦一下子就绿满了。小蔓，竟真的是你，原来，你在这里。顾安明说。

夏小蔓没想到顾安明会在东莞出现，着实把她吓了一跳。她的内心里有一千只鸽子在飞，飞过万重山。

为什么在 A 城不辞而别了，我无数次地在全国各地参观画展，为的是能够遇上你。

东莞的夜是迷人的，更为迷人的是兜转年华里的相逢吧。酒吧里，顾安明不断地喝酒。仿佛要把那些错过的岁月一口气喝下去。

我要告诉你一件事。顾安明拉住夏小蔓的手。

是什么。夏小蔓的心还是止不住地狂跳，这么多年了，夏小蔓见到顾安明的刹那，才知道，原来，自己还在爱着顾安明。侬曾爱君君不知。而现在，夏小蔓纵有千种风情更与何人说，那恋情，只不过是一个说不出口的秘密。

小蔓，知道吗，你走后，我四处地找你，可是你走得那么绝望，连电话号码也换了。在学校遇上你的那一刻开始，我就开始喜欢你了，你知道吗，小蔓，我拼命地接触如萍，只是为了知道你的消息。如萍说你喜欢蓝色，我的房间全是蓝色的，和天空的颜色一样，好不容易等到你去了 A 城，我以为，我的天空蓝了，可你却莫名其妙地走了。

夏小蔓没有作声，只把头扭向了窗外，眼里已全是泪水。曾经的误解，此时，已化成了一滴滴硕大的泪珠。

顾安明轻轻地扳过夏小蔓的肩，伏在耳朵边问道，小蔓，喜欢过我吗？我希望你给我一个明确的答案。

夏小蔓看着他，有一生一世那么长，然后轻轻地摇了摇头。

顾安明只长长地叹了一口气，早知道是这个答案的。我明白，你是那墙壁上绝美的图画，只是用来欣赏的。知道吗，如萍在加拿大等我的答案，一年了。

再见了，夏小蔓。再见了，东莞。顾安明的车子一点点消失，顾安明是要到加拿大去的，那才是他的归宿。

夏小蔓站在窗前，顾安明去的地方，是不是也有着天空的蔚蓝，夏小蔓看着一架银色的飞机起飞了，这个季节，夏小蔓的心开始飞扬，她想起自己坐在顾安明的单车后面，那年的十七岁，刻骨铭心。

◀ 凉 爱

整整一个秋天，梁生骑着单车载着碧云儿跑遍了整个城市，那时，梁生夺过碧云儿手中的书，凑在她的耳朵边说，青春是用来浪费的，别成天啃死书了。

碧云儿扭过头，用食指堵住梁生的嘴唇，青春就是一本死书，无论怎样翻阅，和你在一起都是一种浪费了。碧云儿的话总是把梁生呛得哑口无言。

碧云儿高挑的身材，有着冷艳的容颜，她是大学里唯一能把拉丁舞跳好的人，她的舞跳得让男生们迷惑。

梁生也迷惑着，他总是围在碧云儿的身边，却又无法知道碧云儿的内心。

扔下自行车的那天，梁生说，我们去另一个地方。

另一个地方竟是一个男生的宿舍。宿舍里贴满了素描画，那里张扬的全是艺术的气息。

梁生介绍着，桌加文。

见到桌加文的瞬间，碧云儿的目光还是停留了那么一秒，桌加文的目光纯净得像蔚蓝的天空。

　　感情是一件让人捉摸不透的事情，只一眼，碧云儿就知道自己掉进去了。桌加文高高大大的身材，眉目明朗，全身上下透出一股冷峻的气质。那气质是属于艺术家的气质。孤傲、纯净。这世间绝对有一见钟情，是的，碧云儿对桌加文一见钟情了。

　　桌加文看见碧云儿的时候，手中的画笔正好掉到了地上。桌加文淡淡地说，要不要来一个速写，绝对完美。他捡起了地上的笔，目光游荡在白花花的纸上。

　　梁生说，走，请我们喝茶呀。梁生居然要桌加文请喝茶，好像前世就欠下的。碧云儿看见桌加文已勾勒出了一张速写，那张白净的纸上，碧云儿站在那里，如杨柳一般生动起来。

　　三个人返回街上，转到一个叫流光四溢的茶吧里，那里有轻柔的乐曲荡来荡去。

　　茶是什么味道，碧云儿一点也没品出来。大把大把的时光从指缝中溜走，两个男生谈得如此热烈。而桌加文显然是在炫耀自己的口才，不错，他就是一个演讲的天才。

　　这个秋天，对于碧云儿来说的确是一种浪费，她再也记不起一辆单车经过的路程，她只记住了一个人的名字。桌加文。

　　天气冷了，碧云儿窝在寝室里，翻看梁生的照片。梁生指着一张照片说，看，这就是我生活的小城，有着古色古香的建筑，喜欢哪张就挑选一张吧。

　　碧云儿的目光就定格在一张画片中，上面银杏树的叶子铺天盖地地落，梁生和桌加文站在树下傻乎乎地笑。就这一张了。碧云儿指了画面，梁生不解，说，这是一张合影啊。

可是我喜欢那棵银杏树下的风景。其实，那上面有桌加文才是真的。

那棵银杏树怎么可以那样美呢。碧云儿问。其实，只要心中有爱情的人才会注意到一片叶子的美丽。

那一个"美"字打在梁生的心上，一时间，梁生的心里也美滋滋的。毕竟，那是从碧云儿嘴里说出来的。可是，有谁知道，碧云儿是要把它夹在书页里，天天翻看桌加文的。那是碧云儿自己的秘密。

是在一间漫不经心的咖啡厅，参加同学的生日会。再见到桌加文时。桌加文的后面站着一个艳丽的女生，涂着深蓝色的眼影，美得妖娆。而桌加文一条咖啡色的围巾绕在脖子上，整个人显得那么地耀眼，让碧云儿有一种恍若隔世的感觉，碧云儿无所适从，是啊，哪个优秀的男生会没有女朋友呢，那一刻，时光停止了，碧云儿感觉一股沉重的疲乏，原来，这就是现实。

那天，大家放开了玩，男生和女生们摇头晃脑地跳着舞，碧云儿被那里的气氛感染，在一支舞曲中，碧云儿开始随着节拍旋转，碧云儿的头发飘起来，她的身段活灵活现，整个人旋转得像一团云雾，现场的人都看呆了。一曲舞下来，碧云儿丢下众多的人群借故走了出去，暗暗的阳台上满地是孤单。碧云儿累了，她蹲下来，聆听着室内轻歌曼舞的欢笑声。原来，这就是失落。

碧云儿抬头再去寻找那些忽明忽暗的灯光时，突然有人拍了她一下，她回过头，吃了一惊，竟是桌加文。

为什么不进去。桌加文注视着碧云儿。

我想呼吸一下新鲜空气。碧云儿甩了甩长发，躲避着桌加文的目光。桌加文拉着碧云儿的手说，走吧，梁生在找你。我们一起跳舞去。

是的，还能怎样呢，只能跳一曲舞了。碧云儿仿佛看见照片上的银杏叶纷纷落去，落得光秃秃的。可是，它的飘落会是这样的美丽。美得碧云儿的心都痛了。

很长的一段时间，碧云儿穿着白球鞋绕着操场跑道无声无息地走。那天，下了一场小雨，碧云儿一手撑着伞，一手抱着书，她突然发现自己的鞋带散了，碧云儿停下来，有些失措地看着四周，结果，桌加文走了过来，有些事情仿佛早已安排好，这样地巧。

桌加文很快地走到碧云儿面前，蹲下来帮碧云儿重新系好了鞋带，他系出的竟是一个精致的蝴蝶结，碧云儿低下头，看着桌加文那么认真地系鞋带，心里一阵感动。那一刻，碧云儿幸福无比。

可是，不远处，分明是桌加文的另一个女朋友，下雨天里，竟穿着高跟的鞋子，站在那里是那样的婀娜多姿，女孩的皮鞋明亮得让人眩目。和桌加文在一起的女孩一个比一个明艳，而且杀伤力极强。原来，这就是失落。

碧云儿抬头用感激的目光再去寻找桌加文时，只寻到一个雨中的背影，碧云儿看到女孩伸过的一把伞全部倾斜在了桌加文的身上，他们回过头冲着碧云儿微笑，那高跟鞋性感要命的"嗒嗒"声，靓丽得理直气壮。

原来，梁生喜欢的不过是那些艳丽的女子啊，而且更换频繁。夜晚，是属于灯光的，碧云儿在灯光下翻看那一张照片，觉得一切都错过了。

橱窗里，碧云儿看见了一双高跟鞋，白色，细跟，上面有两只美丽的蝴蝶结，她一下子就喜欢上了，卡里的钱都掏光才买下来，可是这有什么关系呢，有些事情一旦错过是再也买不回的。碧云儿在人群中走动，万种风情萦绕脚踝。

有了自己喜欢的高跟鞋，碧云儿去参加一场宴会，因为，碧云儿知道，桌加文也在那里的。碧云儿下楼梯的时候没踩稳，一脚踏空了，仿佛空中的爱情，一脚踩空，那高跟的鞋子飞出老远。脚也扭伤了。她美丽无比的高跟鞋怕是再也穿不上了。

梁生跑过来，拿过那双鞋子细细打量着，用手指比画，不禁惊呼道，这么高的跟儿，明摆着是花钱买罪受嘛，梁生把那双鞋子扔在了墙角。

有些事物，虽然美丽但并不适合你。梁生看着碧云儿，仿佛看穿了碧云儿的秘密一样，碧云儿沉默着不吱声，眼睛里有泪。

每天，梁生背着碧云儿上下楼，每天，梁生都会送来银耳汤，碧云儿躺在梁生的背上觉得是一种踏实。是的，有时候爱情就是一种踏实无比的感觉，那些虚无缥缈的东西，原来与爱情毫无关系。

转眼毕业，同学们作鸟兽散。才知道，大学的日子是多么仓促啊，仓促到还没来得及把心中的一个秘密打开就结束了。

毕业后是分配。二年后，碧云儿专程选了南方去出差。南方的城市美得让人流连忘返，只有碧云儿自己知道，那一切的美丽原来都与桌加文有关。

爱情虽然隔着万重山，但碧云儿到底还是寻来了，她只是想要一个答案，那是关于她和桌加文的一个答案。

春天里，碧云儿见到了桌加文，来不及叙说相逢的喜悦，他们相约着在蓝天酒店里喝茶。桌加文带来了一幅画，那是一幅旧画，画上竟是碧去儿。碧云儿记起来了，是在那个张扬艺术气息的宿舍里画的吧。原来，这么多年过去了，桌加文一直带在身边啊。

昨天的时光是多么美好，美好到你一直无法放弃。桌加文说。

那你没有那么深刻地喜欢过一个人呢。就是那种柏拉图式的恋爱。碧云儿的声音小得连自己都听不见。

碧云儿在等待一个答案，为了这个答案，她跑到南方来了，只要桌加文点个头，那么一切都可以重新开始了。

桌加文轻轻地摇了摇头。

绝望反倒使人一身轻松。曾经，碧云儿庆幸自己将一段感情包裹得一层又一层，没有人能看得懂。而桌加文又怎么能看明白呢。不过，碧云儿终于可以无憾地走了。而且就是明天。

走在路上，桌加文说，梁生出国了，你知道吗？

碧云儿淡淡地说，不知道。其实，她和梁生早已慢慢疏远了。

桌加文说，知道吗？梁生去的是日本，你知道，他并不富裕，他只是去卖苦力的，四年啊，他可是为你走的。

碧云儿不解。梁生丢下了一封沉闷的信。说，这是梁生留给你的。其实我也不知道他为什么要走。碧云儿毫无感觉地把信放回包里。

　　机场，桌加文轻轻地拥抱了碧云儿，说，真的要走吗？每次都从我眼前消失得这样仓促。可能，这是今生今世最后一次拥抱了，这一走，大家都会天各一方。碧云儿想着便将双手环在桌加文的脖子上，无比依恋，俨然像一对分别时的情侣。可是，他们不是。

　　飞机起飞的时候，碧云儿打开了梁生留下的那封信，上面写着，"亲爱的碧云儿，我相信，留给你这封信，你一定可以收到的。你一定奇怪，这封信为什么会留在桌加文的手中，其实，我敢用我四年的时间打一次赌，你爱的人其实是桌加文吧。爱，为什么不说出来呢？桌加文这个一直虚情假意的人，我到了最后才知道，他所谓的那些女朋友只不过是他手中的一颗棋子，每一颗都是注定死亡的，只有你是他的目标，他一直否认，可他却无时无刻不在关心你，你脚伤的那些日子，他叫我每天为你送银耳汤。你喜欢在操场上散步，他天天在那里等你……他为你画过一幅又一幅的画，很多篇都是虚构。而这些，你都你不知道……

　　碧云儿隔着玻璃看，她看到桌加文像一根枯木一样无精打采地站在那里，心里一阵心酸。碧云儿捂着脸，哭了。

　　时间像章鱼一样在寂寞中就要把青春吃尽了，碧云儿使劲挥动着手，他看到桌加文的身影十分孤单，像个白色的幻景，一会儿就被重叠的高山吞没了。飞机起飞了，爱情还能回到从前吗？

◀ 又见桂花

桂花飘香的时节，叶微赌气去了美术培训班，那时阳光很薄，而窗外，桂花开得正浓，父亲冲着叶微的背影大声喊着，叶微，我就不信，你不回来拿钱的。叶微头也没回，一头扎进公交车里。

要钱做什么啊，叶微要的是艺术，她到时要报考艺术专业的。教美术的老师偏偏就是艺术的化身，他比她们大不了几岁，高高的个子，让人想起台上的模特，棱角分明的脸给人刚毅的感觉，他浓眉和大眼凑在一起是完美的，而分开是精致的，像是从卡通画里走出来，阳光、英俊。

他一进教室就在黑板上写下他的名字，陈亚南三个字，是用行书写的，字体无限地飘逸。很多女生的思绪都飘起来了。不知是迷恋陈亚南的画还是迷恋他英俊的外表，总之，美术补习班里的人员爆满，且女生居多。

常常是在放学后，叶微在窗前看陈亚南夹着书本匆匆走过，时间最多是几秒，然后，叶微离开窗口，到走廊，她趴在栏杆上看他的背影，街对面，一辆疾驰而过的车把陈亚南带走。叶微就直了身子，到教室里收拾桌上的画和笔。

陈亚南出门的时候总会露出一脸笑意，他说，明天的作业我看谁做的得最认真。放学后的那段时光，每个同学都尽力地画画，每一笔都是认真的。这让叶微觉得，陈亚南是属于大众的，而不是哪一个人的。放学后的窗口会挤满很多脑袋，叶微看到很多女生不过是和自己一样，她们在看陈亚南的背影，陈亚南离去的背影像一幅画一样深沉，女生们在走廊的栏杆上探出身子，目光把陈亚南送出很远。

云霞说，知道吗？第一眼就让我觉得，陈亚南是我上辈子的恋人，你说，他会喜欢我吗？这话让叶微一愣，云霞是怎样的女生啊，她要的，还有什么得不到的呢。

云霞家境优越，父亲是一家大公司的董事长，她要什么就有什么，更何况，她美丽出众，冬天的时候别人穿着臃肿的衣服，而她穿着单薄的裙子，外面裹一件大衣。她一年四季都是裙子，男生的目光全集中在她身上。云霞是优秀的，是高傲的，是没有对手的。大凡，男生们都会喜欢这样的女生的，而，陈亚南，当然也不会例外。

叶微每天都认真地画画，没有回家拿钱，她已交不上素描纸了，只用普通纸交了一张画，然后很窘迫地坐在那里，想着是不是真的该回去了，不为别的只为拿钱。

陈亚南风一样地卷进教室，他进教室的时候，女生的目光全部集中在他身上，他这次拿着的是一张普通纸，叶微的头低下又抬起来，心里扑通扑通地跳着，这个陈亚南肯定不会放过她了，她用了普通的白纸画了画，多么随便啊。

你们看，叶微，进步真大，叶微抬头看到陈亚南把她的画面朝同学放在了胸前。她的画就在他的胸前展览，叶微长长地舒了一口气，脸迅速地红了。

女生的目光应该不在画上，而是在陈亚南那生动的眉眼上吧。班上的同学嫉妒了，她们想，为什么进步的不是自己，而是叶微呢。那一刻，空气里飘着淡淡的桂花香，是迷人的，是温馨的。

叶微。听到有人叫自己的名字，叶微愣了一下，回头正是看到陈亚南，他从口袋里拿出几张纸币，郑重放在叶微手里，说，拿去买素描纸，不要拒绝。陈亚南走得很干脆，从头至尾，甚至没有认真看过叶微一眼，甚至没有给叶微拒绝和说谢谢的机会。

桂花树下，叶微握着那张还有余温的钞票，想到在家里所受的委屈，泪水汹涌着流下。

再去培训班时，是一个新老师，他说，陈亚南骑车不小心擦伤了手，在医院里，现在由我来带大家美术。没有了陈亚南，教室里突然就空了，叶微的一张白纸画满了等待。

在去医院的路上，遇到云霞，她和几个男生在一起骑车，云霞从车上跳下来，问，叶微，到哪里去。叶微支支吾吾，我到前面去一下的。你说，陈亚南在医院里，我拿什么去看他好呢，云霞问。叶微的身子顿了顿，她轻叹了一口气说，我不知道的。

拿什么都不重要了，重要的是看到陈亚南。叶微一刻也等不及了，他推开医院的门，陈亚南闭着眼睛安静地躺着。是谁。陈亚南背着身子问。叶微把一束花放在了桌上。是我，叶微。

陈亚南一愣，他转过身来，第一个来看自己的是学生，陈亚南睁开眼睛，满是意外。叶微从包里掏出一张画说，只想看看老师的手，叶微把画藏在背后，身子凑过去，她歪着头，看了看，说，好像问题不大。

陈亚南坐起来，他的手缠着绷带，问，那是什么？陈亚南盯着叶微的手。是几张美术作品。我看看。陈亚南的眼睛眯着，他打开了画，那竟是自己的一张素描和几张速写画，那画很普通却让陈亚南的心突然动了一下。

画上的陈亚南在教室里打手势的，在窗口低着头拿着一本书的，在街上奔跑的，每一张都画得流畅、自然。陈亚南感动了，原来，有那么一个人，一直关注着自己。外面的桂花，香气一阵一阵袭来。这个叶微，她一定是隐藏了一段特别的感情了。

你有女朋友吗？叶微问了一个自己都没想好的问题。但这对她真的很重要。陈亚南显然没有想好怎样回答，他摸了一支烟，啪的一声点燃说，我有女朋友，很多，不过是女性朋友，没有发展前途。

陈亚南狡黠地笑了，气氛一下子轻松了许多，两个人在医院里聊着，打开的话题像水龙头下的水，怎么也关不住。他们好像久逢的故人，又好像是一对恋人，叶微不知哪来的那么大的胆子，她剥了桔子轻轻放在陈亚南的嘴里。陈亚南惊慌失措地笑了，眼睛有月牙儿弯的弧度，陈亚南怔了怔，接着大嚼起这美丽的时光。是的，这样的时光真的无比美丽。尤其，当你和喜欢的人在一起，一切的感觉像在天空飞，无比愉悦。

陈亚南说，今年的桂花好像是特别的清香。我最喜欢这桂花了。虽是无意间说的话，却被叶微放在了心里，隔几日，叶微就摘了一大束桂花，拿到教室偷放在抽屉里，像是放了一个秘密，只等放学递上去。

这时，云霞进来了，她抱了一大束桂花，很优雅地走进来，满屋子里都是香气，她没有放在抽屉里，而是径直放在了老师的讲台上，正好是陈亚南经过的时间，不早也不晚，他们刚刚遇上。

陈亚南的目光像一片阳光，落在云霞的身上，迎着陈亚南的目光，云霞笑了，那笑容是灿烂的，是明媚的。云霞一转身回到了座位上，很调皮地眨着眼睛。爱情有时候就是这样，谁先领先了，谁先表白了，谁就拥有了。叶微有点失落，抽屉里，一把桂花正迅速枯萎了，仿佛一段爱情枯萎了。

叶微撑了雨伞在雨中，一抬头，看到了陈亚南，他正好把雨伞递给云霞，云霞说，我不要你的伞，我要你帮我打着。陈亚南说，你可真够调皮的。陈亚南把伞倾斜在云霞的身边，两个人同打一把伞，云霞提着裙子在雨中啪啪地踩着地上的积水，溅出许多水珠子，两个人都笑了。那些时光，幸福是别人的。答案就在眼前。爱情还没说出口，一切都结束了。

叶微，回来吧，听爸爸的话，放弃美术学理科。叶微说，好。话一出口，感觉自己对父亲的回答从没有这样爽快过。我是来告别的。叶微找到陈亚南开门见山地说。陈亚南抬头，又点点头，说，好吧。其实，我也是要走的。到南方。陈亚南轻轻地说着，他只看手里的烟，却没有看叶微一眼。

他到哪里和她有什么关系呢。居然，叶微说要走，他都没有挽留一下的，他不是常夸她有前途么。可是，现在，她没有前途了。叶微一转身走了，她听到身后一声叹息。其实，她不走，他也要走的，不过是迟和早的问题。

叶微回到了父亲身边，这久违的家才是最温暖的，叶微拉着父亲的胳膊，伸出了手，喊了声，爸。父亲笑了，很高兴地拿了一沓钞票放在叶微手里说，怎么，还知道回来要钱啊，不学了？叶微拿着厚厚的一沓钞票甩了甩，说，对，不学了，一心一意学理科。父亲笑了说，我就说吧，早告诉你，学艺术的都是疯子，你却偏要跑去学，还行，学到一半就退出了。

有些事情只能到一半，比如，爱情，爱到一半就得及时抽身吧，因为，不小心掉下去，你就万劫不复了，叶微比谁都清楚。高考来临，叶微一心一意考了父亲心中的大学，父亲安排好的生活是一帆风顺的，是灿烂的。

大学毕业，云霞到了深圳，而叶微固执地回到了原来的 A 城，这座城市，一直是她无法割舍的梦。那桂花树下曾种下她的初恋，她记得，她有过那么美好的时光。

五年之后是同学聚会，选在深圳，是云霞发起的。很多同学都去了，叶微看见云霞在男生堆里穿梭，依然是最打眼的那个，她的身边从来就不缺男子的。倒底替陈亚南不平。叶微轻轻地问，陈亚南没有和你一起来吗？云霞端了一杯红酒，他呀，不过是高中时代的一个旧梦，你想，人的感情是会变化的，在高中的时候我特别喜欢陈亚南的才气和英俊，可是我读了大学才知道，陈亚南算什么啊，比他优秀的男子不知有多少呢，我们在南方只见过一次面，那时候才知道，自己不过是陈亚南的道具，无数次地断掉那些暗恋他的人。

怎么会是这样，怎么会是这样。一时间，叶微沉默得失态了，回头再看叶微，她又钻到男同学中间去了，他们说着笑着，很亲昵地打闹，仿佛多年以前。

回到原来的城市，叶微才把电话打到南方。你好，是陈亚南吗？你是谁。叶微沉默了，心里满是慌乱。是谁？是谁？是谁？是叶微？是叶微吗？陈亚南急促地问。原来，这么多年过去了，只有一个声音，他还是能记得她的呀。原来，他一直都记得她的！是的，我是叶微。我毕业五年了，现在，在 A 城。

陈亚南出现的时候，叶微吃了一惊，他搭了第二天最早的航班风尘仆仆地回到 A 城，风尘仆仆地跑回来啊，只一个电话，一个电话的。两个人去了茶吧里喝茶，看杯中的茶叶一片一片地浮动，像是谁的心事沉沉浮浮的。陈亚南面容沧桑，好像经历了一段长长的岁月，他早已不教艺术了，甚至没有了艺术的气息，他的无名指上戴着一个大大的钻戒，曾经，那双拿笔的手，细细的，长长的，那的确是一双艺术家的手，可是，现在，它粗糙了，臃肿了，和他的人一样，微微地发福了。面前的人，还是叶微心中的那个人吗？时光真的很无情，竟毫不留情地带走了一切。在相视的刹那，叶微仿佛听到了心的破碎。两个人聊起生活，时光依然在倒流。

叶微，你曾经喜欢过我吗？叶微轻晃着茶杯，也轻晃着头，说，没有，我只是仰慕你，但那不是爱情。那就好，陈亚南轻松地看着叶微，他不知哪来的勇气剥了一片桔子放在叶微的嘴里，说，还你一片桔子，我记得，那一年，你也是这样剥了一片桔子，那是这个世界上最甜的橘子，至今还记得。叶微的泪就流下来了，曾经，为了一个旧梦，自己不顾一切地回到 A 城。现在，只能和过去做一次道别，是的，做一次道别，和过去的岁月做一次道别，和这个城市做一个道别，和昨天的梦做一次道别，他们是再也回不去了。

　　父亲和我要到美国去生活了，这个城市我再也回不来了。陈亚南听到叶微的话，重重地靠在椅子上，然后，轻轻地笑了，说，祝福你，叶微，我为你高兴。陈亚的手，那么有力。临走的时候，陈亚南拿出一张画，是叶微的一张素描，画面已经旧了，有岁月走过的痕迹。带着它，叶微，当我们老了的时候，我们还能够想起，我们都曾年轻过。一抬头，叶微看到了窗外的桂花树，枝繁叶茂，而桂花了无踪迹。

　　在美国，叶微和父亲过着丰衣足食的生活，父亲问，幸福吗？幸福。父亲很满足地笑了，说，我想，当初你不离开那个美术培训班，会有这样的生活吗？要知道，都是陈亚南所赐啊。和他有关系吗？叶微不解。当然，要是陈亚南不先离开那个美术培训班，你会离开吗？要知道，艺术终究不能当饭吃的，你看陈亚南不是改行经商了吗？比以前强多了呀。父亲说得很轻松，可是，叶微的心却沉重了。

她的陈亚南，她的桂花，曾像鸟一样自由飞翔，在看不见的高度；现在，像缺氧的鱼坠落了，爱情坠落了，张着嘴，无声无息。她不知道，她一直不知道，陈亚南是为了她而离去的。叶微捂着脸，哭了。她知道，此时的 A 城，桂花一定香得正浓，那里有她种下的爱，挫折和幸福。

◀ 柳小眉和她的春天

　　十八岁的柳小眉读大一，她有着高挑的个子和修长的腿，长裙子穿在身上，有一种素雅的美。谁会想到，柳小眉这样斯文的女子竟然从红唇里迸出一句话，郁兰，我想和你一样，去谈一场恋爱。

　　那时，窗外的春天刚刚来临。

　　张爱玲说过，出名要趁早。如此推断，恋爱也要趁早。人生就和你的裙子一样，长的是寂寞，短的是欢颜，所以做什么都得抓紧时间。同学郁兰说这话的时候正穿着一款膝盖以上的黑色短裙，她弯着腰在寝室里对着镜子自顾自地勾眉。

　　柳小眉是跟着郁兰到艺术系 301 寝室去的，那时，几个男生正支着画架在画画。他们到来的那一刻，男生们提议要给她们画肖像。

　　郁兰说，我没时间，你们给柳小眉画吧。她接了一个电话，就把柳小眉扔在男生寝室，一个人扭着细腰走了。

柳小眉眼角天生上扬，无限风情尽在眼底，柳小眉进去的那一刻，全寝室的男生眼睛都亮了。

他们沙沙地在纸上画着，每一笔都是认真的。宁翔远的目光最为纯净，他浓密的眉毛下，有着一双像露水一样清澈的眼睛，处众人中，似珠玉在瓦石间。

宁翔远很纯净地把自己的目光递上去时，顺便把手中的画也递给了柳小眉，说，柳小眉，你的美，让人窒息。

这样的夸奖，柳小眉听到过很多次，她总是回报以微笑，可她的微笑不能迷住任何一个男生，他们只是说说而已，没有人会因为柳小眉的美丽做出下一步行动，尽管，柳小眉很想。

接过画的时候，柳小眉的脸在一瞬间红了。她看到画中的自己，竟穿着一款透明的衣服，极具诱惑力，有些部位，展露无遗。柳小眉忽地从椅子边很生气地站起来，她冷若冰霜地走到宁翔远跟前，几乎是对着他的鼻尖说，宁翔远，你太过分了。

对不起，对不起，刚才，我走神了。宁翔远也有些局促不安了，他突然意识到，柳小眉穿的是白色衬衣，连脖子上的那颗纽扣都扣得严严实实。

柳小眉把画卷成一个筒状，只轻轻地一个转身，就卷走了寝室里所有男子的激情，当然，还卷走了一颗多情的心。她生气了，不着痕迹地起身离去。

寝室里的责怪声，像雨点一样砸向宁翔远，你看看你手中的画笔，简直是一把暗器；再看看你的手，沾满的不是颜料，是鲜血吧。

宁翔远举着画笔在那里发愣。这究竟是为什么啊，不过是，他要她记住，不要随便往男生寝室里钻，所有的男子都和自己一样，衣冠楚楚的外表下，是一颗不安分的心。宁翔远对柳小眉的解释是深刻的。

上帝肯定会原谅我的，因为，那是他的职业。宁翔远理直气壮地在寝室的解释。其实，柳小眉会原谅他吗？他心里没底。

从地狱到天堂也就是一步的距离，其实，宁翔远也以为，柳小眉从此之后就会把他打入地狱，再也不会理他。可是，他错了，柳小眉就像上帝一样，她真的原谅了他。这让宁翔远觉得，柳小眉很美，很纯，很让人感动。

柳小眉望着郁兰，表情耐人寻味。她从嘴里蹦出一句话，郁兰，我想和你一样，谈一场恋爱。没事的时候，我也想对着镜子，为心爱的人每天描眉。

恋爱不是想出来的，是得付诸行动的，明白吗？你得主动出击。郁兰提醒着。

接了宁翔远的电话，柳小眉感觉自己脑子空了一下，她还没来得及出击，对方就主动出击了。宁翔远打来电话是要约柳小眉出去看日落的。

宁翔远在电话里停顿了一会，继续说，请赐我一个改过的机会吧，不然，我会在堤边一直等下去的。电话挂断了。宁翔远竟没有给柳小眉一个喘气的机会。

只要你能想到的东西，就要去实现它。宁翔远家境良好，是很多女孩暗恋的对象呢。郁兰听到这个消息的时候，比柳小眉还要兴奋。

郁兰说，我陪你一起去。她迅速为柳小眉挑选了一套衣服，齐腰的短吊带，膝盖以上的短裙，脖子上系了一层宽边的丝巾，薄如蝉翼，隐约可见的肩部，白瓷一样美丽。

宁翔远的眼神猫一样地定在柳小眉的脸上，过了很久才飘开，这样的打扮，的确让人意外。你们玩吧，我有点事。郁兰接了个电话就离开了，她正忙着谈恋爱呢。

宁翔远低着声音说，柳小眉，知道吗，你比天空的晚霞还要美丽。他旁边支着画夹。不一会儿，一张画又递到柳小眉手里。这是我的道歉画，请你收下。宁翔远说。

柳小眉看到了那幅画，她脖子上系着的纱巾变成了厚厚的围巾，严严实实地挡住了裸露的肩部，和落日，草坪在一起，更显庄重、美丽。

柳小眉看着画面，轻轻地笑了，她的目光和他的目光碰在一起，那些不快瞬间瓦解，你不就是想画这层纱吗？为什么要生硬地添上去这条围巾呢，显得多么多余啊。柳小眉语气温柔，眼里闪着光亮。

知道吗，你的美，让人窒息。其实，你进到寝室的那一刻，我就爱上了你。爱情，真的是一见钟情的事情。

偶尔，宁翔远骑着单车带着柳小眉，车子飞一样的速度，宁翔远故意放开车子，反过手来拉着柳小眉。柳小眉尖着声音喊，注意，注意，然后闭着眼睛紧张地把头靠在他的背后。等到睁开眼睛时，宁翔远已稳稳当当地把车停下。两个人就坐在草坪上，一起聊天。

你说，最亮的那颗星星在哪里？最亮的那颗星星就在最亮的地方。宁翔远回答含糊，他从脖子上取下一颗心形的玉坠说，送你的，你就是我最亮的那颗星星。知道吗？这是我母亲在我十岁时给我带上的，不是很贵重，但求你喜欢，陪了我很多年了。他为她戴上，然后在她的额头上印上了一个吻。

一个人的自信心是在一次次被认可，被肯定中培养出来的。柳小眉站在镜子前，很认真地审视着自己，我真的很美吗？素洁的面容，不施粉黛也可以是一种美。它美得真实；素白的衬衣，黑的棉长裙它也是一种美，美得自然。爱情的确能让人美丽和自信起来。柳小眉再穿长裙子的时候，更多的男生回头撞到墙了。

柳小眉穿着长裙，参加了全市桃花节选美大赛。一个人运气好的时候，门板都挡不住了，柳小眉自己也没有料到，会糊里糊涂地被选上了。校园里，竟轰动一时。

郁兰说，你真是走了好运了。有很多大企业支持你。

是哪家企业？柳小眉问。谁知道，参赛的人都有人支持的。郁兰拍拍柳小眉的肩。

祝贺你。小眉。宁翔远摆了一大桌子宴席，请了很多同学一起庆贺。宁翔远喝醉的时候，对着众人说，我要和柳小眉一起天荒地老。众人鼓掌，说，这是应该的。

爱情真的会天荒地老吗？柳小眉不知道，她知道，宁翔远有很多个日子没有来找她了。忘记是从什么时候开始的。她不知道。

小眉，我毕业了。工作也找到了。祝贺我吧。宁翔远再来找柳小眉时，人有些憔悴，语气里带着别离。是在一家似水流年的餐厅里，宁翔远又点了一桌子的菜。一桌子的菜只有他们两个人，气氛有些冷。

你知道吗？有一种东西像水一样清澈，它能洗去人间的烦忧。宁翔远举着一杯酒一饮而尽。她抓着柳小眉的手说，小眉，你是我最爱的那个人，一直到永远。

永远有多远，柳小眉不知道，这之后，宁翔远好像从人间蒸发了一样。生活还得继续，他不会因为一个人的走失而停止，一日不见，竟是如隔三秋了。柳小眉才发现，她还爱着他，而宁翔远早已抽身离去了。原来，爱情是凉的，柳小眉像一株苔藓一样，整天面对阴暗。

宁翔远人间蒸发的时候，她很想去找他。可是，柳小眉才发现自己是固执的，她竟固执得不去打一个电话。还需要打电话问他吗？时间回答了一切。

柳小眉，别怪我这么迟了才告诉你，宁翔远不是你喜欢得起的人。才知道，他的家境优越，没想到竟是无比的优越。父亲一家公司的董事长，直接给了他一个分公司，你知道是些什么人在追他吗？是一些开着宝马、奔驰的女子追他呢。郁兰轻描淡写地说着，她把眉笔削得尖尖的，像是一把利器。

郁兰，你不是说这个玉坠好看吗？来，送给你。柳小眉从脖子上生硬地拽下那块玉坠，脖子上生生地疼，那是宁翔远留下的，现在也没有必要归还了。原来，他一直在她无法企及的高度里，她竟一点也不知。

其实，谁都看得出，是郁兰导演的一切吧。她找了一个优秀的男子来爱柳小眉。不过是想在柳小眉短短的十八岁里拥有一次长长的爱情。这是柳小眉后来才知道的事情。

三年之后，郁兰带来一个包裹时，柳小眉正在擦自己的新车。这个城市，她成了白领阶层，有了房子，有了一部属于自己的车，她也可以开着它，去追自己喜欢的男子，那个男子，个子高大、目光纯净。处众人中，似珠玉在瓦石间。

有人托我带来一份礼物。郁兰神秘地说道。柳小眉打开，竟是一幅画，是她的肖像画，画里的她，眼神宁静，坐姿安详。竟是宁翔羽画的。画的背面是熟悉的小楷字：越过天涯海角，才知道，有一种爱无法忘记，因为它在灵魂里。有一些人，明知是爱的，也要放弃，因为没有结局。

知道吗？那眼神中的宁静是最难画的，宁翔远在国外画了三年呢。有人出高价他都没有卖出去。你知道，他为什么要出国吗？是为了你呀！因为父亲的偏见，他和父亲吵了一架，没毕业就去了加拿大，这一去就去了许多年，生活并不如国内，以卖画为生。

原来，那时的宁翔远爱的是你啊，和宝马、奔驰无关。郁兰轻轻地说道。

一时，柳小眉愣住了。她记得那次桃花节的选美大赛，她记得宁翔远的父亲就是一家企业的董事长，原来，自己所拥有的一切，都是宁翔远在暗中帮助！她还记得，她从灰姑娘到了白雪公主，也是在那个十八岁里。那个十八岁，她是那样地自信了。因为，她有过自己的初恋。

柳小眉真想开着自己的跑车，一直开到最遥远的地方，用一生的时光去追逐自己喜欢的人。那里，是心中的世外桃源，没有世俗和偏见，没有年轮和过去。

郁兰，我好想和你一样，谈一场恋爱啊。柳小眉怅然若失，她卷起手中的画，轻轻放在副驾位置上的羊毛垫上。她侧着头，伏着方向盘，才发现，窗外的春天已经过去了，不远处的阳台，一盆月季的枝叶正努力地向外伸展。

◀ 鱼和水的爱情

鱼说："你看不见我眼中的泪，因为我在水中。"水说："我能感觉得到你的泪，因为你在我心中。"——村上春树

晓轻亲遇上周羽生，是在小镇的桌球房。那时的晓轻亲穿着宝蓝色的长裙，大波浪的卷发披下来，美得精致。她用当地的方言和一群打桌球的男生搭讪。

桌球上的生意，是小姨交给晓轻亲打理的。打理的还有那些暧昧的目光，随着彩色桌球的撞击声滚过来，又滚过去。常常，晓轻亲把网兜里的球掏出来，用一个三角形把它们固定，她手上扬着棋杆问，你们谁先开球。那么多的男生哗啦啦地围住晓轻亲。这样出众的女子有谁会无动于衷呢。生意出奇地好。

周羽生的出现让晓轻亲感觉眼前一亮。他穿暗红色的衬衣和一条黑色的休闲裤，干净明朗的眼神异常动人。他打桌球的动作真是漂亮，每一个球都能准确无误地打进去。

晓轻亲不觉回头对着周羽生抿嘴一笑。结果，周羽生把球杆

径直递给了晓轻亲，说，我只想和你打一局。晓轻亲竟有些意外，表面平静，内心却波涛暗涌。

晓轻亲把球打得一塌糊涂，那一场桌球，周羽生不到五分钟就可以全部打完的，可是周羽生陪着晓轻亲整整打了二十五分钟。晓轻亲知道，周羽生一直让着自己。晓轻亲的心竟有些慌乱。这样的男生纯粹得让人心动。

除了彩球撞击的声音，周羽生没有和晓轻亲深谈。周羽生接了一个电话后就慌慌张张地走了，甚至没有回头看晓轻亲一眼，更没有问晓轻亲叫什么名字，来自何方。

晓轻亲惘然若失。其实，留下姓名重要吗？当然不重要，重要的是，这个夜晚的钞票乱飞，一下子就把晓轻亲的口袋飞满了。

男生们蜂拥而来。他们说，美丽的女子和美丽的时光一样，都是用来浪费的。晓轻亲没有理会，只埋头数钞票去了，这里的钞票有一张是周羽生给的。

谁会知道，晓轻亲是北京的呢。晓轻亲的方言是可以以假乱真的。他们以为，晓轻亲就是小镇上的女子。只不过气质出众。桌球边的男生们还在继续介绍着自己，是哪所大学的，家住何方，晓轻亲一个也没记清楚。她只记住了一个人的名字，周羽生。原来，好时光就是用来消磨的。

晓轻亲每天准时出现在台球桌旁，她一天一件衣服，全是小姨买来的，红的蓝的紫的裙子，五颜六色，多像那滚来滚去的台球，让人眼花缭乱。她穿行在一群男生中，和他们混得烂熟。

周羽生，周羽生。台球桌上每一个球都充满了等待，晓轻亲知道，周羽生一定会来的。现在的晓轻亲，把台球技术练得烂熟，把一个人的名字念得烂熟。

是在一个安静的中午，通常这个时候的人最少。一个叫大建的男生走过来，用积攒了很久的勇气叫住晓轻亲。他用两只手支着墙壁，把晓轻亲困在他和墙壁之间，他拿出一只漂亮的盒子说，送你的。大建还想说什么，他的后脖颈子就被人拎了起来，整个人差点被摔出门去。

竟是周羽生。周羽生的脚步轻得没有一丁点儿声音，他白色衬衣和青色的休闲裤明朗得让人眩目。你拎我做什么，这是从西藏带回的平安符，你当是炸药啊。大建很生气地走了。

好了，我的生意你也撵走了。晓轻亲并不领情。原来，周羽生是这样霸道的一个人。这不是生意来了吗？周羽生笑了笑，把球杆递给了晓轻亲。

周羽生约了晓轻亲去吃饭，那么地自然。周羽生说，你赢了桌球，得请我。如果，大健是一种匪气，那么，周羽生就是一种霸气。是自己赢了吗，不过是周羽生让着自己罢了。行啊，晓轻亲多的就是钱了。晓轻亲拍拍鼓鼓的口袋，说，你随便挑个地方吧。

周羽生骑着单车带着晓轻亲在路上飞奔，他说，我们到个好地方去吃饭啊。好地方是什么地方，周羽生的那辆单车足足骑了一个小时，周羽生的额头有密密的汗渗出。再抬头时，已到了梨弯大酒店，那是小镇中一二等豪华之地。只看见，大片大片的梨树，纵横排列，春天的时候，这里一定是花的海洋吧。现在的梨弯酒店旁，大片大片的梨园已挂满了大大小小的梨子，美丽无比。

不过，这么美丽的景色是由晓轻亲买单的。谁让晓轻亲遇到自己喜欢的那类男生呢。周羽生点了一桌子的菜，不过，又有什么关系，晓轻亲喜欢挥霍无度，手里的钞票，全是晓轻亲在台球桌上挣下来的。那一桌子菜足足是大学生们半个月的生活费了。

周羽生拼命地往晓轻亲的碗里夹菜，他说，你这样优秀的人天天在台球边混日子，实在是可惜。不如我拯救你。原来，周羽生的拯救是让晓轻亲到他父亲的一个小公司里去工作的。周羽生一脸认真地看着晓轻亲。他的目光那么地静，静得可以把晓轻亲装进去，然后，周羽生轻轻地笑了，拍拍晓轻亲的肩，问，怎么，怕了？

不知是温暖还是伤感。晓轻亲摇了摇头。原来，周羽生对自己一无所知的。周羽生以为身边的晓轻亲就是一个在台球桌边做生意的人吧。不过是美丽超群而已。周羽生拿出纸巾轻轻地拭去了晓轻亲嘴角的油渍，说，坐在这里不动，我去趟卫生间马上回来。有必要吗？好像晓轻亲是一个小孩子，稍不注意就会失踪一样的。周羽生是去结账去了。这是晓轻亲后来才知道的事情。一桌子的费用只怕不便宜吧，可是，晓轻亲却心痛了。

再去捕捉周羽生的目光时，周羽生把头扭向一边去了。脸上全是得意。窗外，阳光无限好，晓轻亲觉得自己心里，有一朵花，正悄无声息地开放。她喜欢这样的含蓄，包括爱情。

日子一晃就快两个月了，暑假过完之后，晓轻亲也是要返校的，她是北大的学生。周羽生拉着晓轻亲的手在江堤边散步，依依不舍，堤边的风把晓轻亲的心里搅得波翻浪涌，到底要不要告诉周羽生有关自己的大学呢。周羽生也将返校了，他在武汉读大学。周羽生问，我要上学了，你会在桌球边想我吗？晓轻亲一扭头，我为什么要在台球桌边想你呢。话一出口，自己不觉一愣。在周羽生的眼里，晓轻亲不过是个照看台球的人。他哪里知道，晓轻亲是北大的学生呢。

可是，我会想你。周羽生盯着晓轻亲的眼睛一字一句认真地说。晓轻亲的心里不觉一热。你想我的时候来看我，寒假，我还在台球桌边等你。晓轻亲本地的方言说得更流利了。

元旦的时候，只因周羽生的一个电话，轻亲，我想见你，有时间吗。晓轻亲说，好。一个电话就决定了晓轻亲的情感去处。晓轻亲已无法再伪装自己。她一大早地起来，化了淡淡的妆，新买了衣服花枝招展地出现在周羽生的大学。周羽生看到晓轻亲的时候，眼睛里全是兴奋，他牵着晓轻亲的手招摇过市，像个快乐的孩子。晓轻亲的服装的确是前卫的，宽大的裤子，束腰的上装，圆形的领口，大方得体，气质优雅，是周羽生见过最美的女子。晓轻亲走过的地方，女生们回头，男生们驻足。

周羽生，你女朋友好漂亮啊，哪个大学的呢。没等周羽生开口，晓轻亲抢着说，我哪是什么大学呢，和周羽生是一个小镇的。小镇上的方言在学校里听起来有些别扭，和他们的普通话格格不入。同学们很失望地哦了一声。可惜，这么好的气质埋没在小镇里了。同学们的热情一下子就减少了。而周羽生的脸在一瞬间白了。

原来，到了最后，周羽生和他的同学们还是不能接受这一切的。其实，晓轻亲就是想看看，有没有一个人会爱上白纸一样的自己。没有大学，没有背景，没有一切。现在的晓轻亲突然悔悟了，谁的爱情会这么高尚呢。

回到原来的地方，回到北京的大学，等待寒假的到来。然后，迫不及待地给父亲打了电话，说，寒假到小姨的桌球房帮忙去的。父亲说，去吧，只要你愿意。父亲永远就是这样。只要是晓轻亲需要的，父亲都可以满足。

那个寒假，晓轻亲仿佛等了千年了。她只希望快点见到周羽生。然后，亲口告诉他一切。她要好好地把握爱情。

周羽生来的时候，身边多了一位女子，倒是个很清秀的女子，眉眼里全是笑意。她和周羽生一起来打球。周羽生说，许多多的台球和你打得一样好呢。

周羽生的女朋友叫许多多。晓轻亲的心和北风一样冷去。一切说出来都没有必要了。她心中开过的花，一瞬间，全谢了。周羽生只是让晓轻亲体会了小镇上最美丽的时光。然后弃她而去了。晓轻亲第二天就从小镇上彻底消失了。

三年之后的晓轻亲在北京做了一名白领，她穿精致的套裙，美得一丝不苟，她和同事们到西安出差回北京。火车上，一个男子叫着晓轻亲的名字，陌生的人群里，谁还会认识她。男子说，晓轻亲，你不认识我了，在小镇的桌球上，我天天去的。晓轻亲记起来了，是大建，送她平安符的大建。大建成熟了，举手投足都透着稳重。

知道吗？那时候，我们好多人都喜欢你，结果，偏偏你和周羽生好上了。其实，你不知道，周羽生明知道你是北京大学的，故意不说出来，他以为，这样就可以赢得你了。

什么，什么，周羽生都知道？！晓轻亲脸上虽是竭力装出的镇定的表情，声音却在打结，而心里像是有鼓在敲打，呼呼呼。

你不知道，周羽生一直在找你。他说，他要找一个喜欢打台球的女子结婚的。结果，很多女孩子就喜欢上了台球。许多多就是其中一个。

大建说，周羽生喜欢的女子，是可以赢他桌球的那个人。可是，许多多赢不了他，别的女子也赢不了。只有你，晓轻亲。

晓轻亲的泪如洪水决堤，他心中的周羽生，一不小心就弄丢了。三年的时光是多么漫长，早已将爱情错开了。晓轻亲再也回不去了。她记得那个小镇上，有过她的初恋。

晓轻亲记起一句经典的对白。鱼说："你看不见我眼中的泪，因为我在水中。"水说："我能感觉得到你的泪，因为你在我心中。"

现在，他是她的爱情鱼，只能在心里。

◀ 当相思和春天一样老去

整个三月，阿城不停地穿梭在小巷里。本来他决定这个春天实习之后，他就要离开的。可是珠珠说，你留下来，我们的爱情就留下来了。

早春的气息从小巷里飘过的那丝兰草的清香就可以感觉到，这个春天依然有些冷。阿城准备买一束兰花，然而，几乎在同时，另一个女人的手也握住了那束兰花。那是一双十指如葱的手，修长修长，阿城从没见过这么纤细的手指，阿城从手指向上打量着，一个女子不知何时蹲在阿城的旁边，素白的长裙，有着一种古典的美。她的手里还拿着当地的一份晚报。阿城的心微微一动。自己手中的也是一份晚报的，阿城每天都要读这些。

不巧，这是最后一束了。卖兰花的人说着。他们同时放下了兰花又相互看了看。阿城先把手放下来了，本来，他是想把这束兰花带给珠珠的。可是，阿城放下了。阿城放下了手中的兰花，女子拿出一枚硬币把花买下来，然后把兰花分出一部分给了阿城，说，你拿一半去吧，另一半我留着。阿城竟有些感动。要是珠珠，她是从来不会替别人着想的。更不会把自己的东西分一份给别人，珠珠从来要的是整个春天，而不是半束兰花。

阿城只觉得一股清香飘过后，女子转瞬消失了。

阿城还是穿梭在小巷里，她希望再次逢着那个穿白裙的女子。一个雨后，迎面一把伞迎过来，一个穿着白色长裙的女子出现在眼前，阿城不由得眼睛一亮，这不是那个喜欢兰花的女子吗，阿城手中正好有一束兰花，他径直递上去，说，这是还你的。女子很妩媚地笑了笑，说，除了还我的半束兰花应该还有那五角钱的硬币吧。眼前的这个女子对阿城有着一种致命的诱惑。他们并肩走着，一路的交谈，阿城知道了她的名字，若尘。这个名字在阿城的心里微微一震。若尘若尘，难道她和尘土一样，随时都可能消失吗？可是在自己心里阿城却是这样喜欢这个名字。阿城和珠珠之间仿佛少了一份喜欢和心动。自己究竟是怎么了，眼前的这个女子难道让自己掉进去了不成。

常常，他们在小巷里相逢，春天的小巷里到处是卖兰花的，花香涌动的小巷，阿城的心也涌动和温暖着。偶尔，他们会像一个朋友一样说，真巧啊，总是会在这里遇上的。是的，是的，我每天都要经过小巷的。其实，阿城是在这里等若尘才是真的。在这个花香的季节里，偶尔的眼神交流，阿城会迅速避开，他怕自己掉进若尘的笑容里又希望自己掉进去，爱情总是这样矛盾的。

难道自己是真的爱上了眼前的这位女子吗？不过是经常的相逢罢了，在小巷的尽头，他们总是要分手的。阿城说，小巷的尽头，有我的一个朋友。若尘说，是女朋友吧。阿城笑了笑，问，那么，你呢。若尘没有回答，只说，我不知道那算不算是我的朋友。阿城喜欢看若尘的背影，拖着长裙，孤独寂寞着，有一次，阿城看若尘的背影，若尘突然地回了一下头，然后嫣然一笑，那笑容里，竟然有那么多让人回味的内容。

阿城几乎每天都要去小巷里，只是好多天，他再也没遇上若尘了。春天好像是过完了，兰花也凋谢了，只有阿城知道，春天过完的时候，自己是要离开这座小城的。美丽的女子如一幅画，是供人欣赏的。阿城是握不住那幅画的，一如握不住若尘一样。因为，阿城一无所有。

小巷里的故事像花朵一样散去，没有留下任何痕迹。如果有，那也只是记忆里一丝兰花的清香。还有那个有着若隐若现的名字，若尘。

若尘若尘，她真的如一粒尘土吗？飘着飘着然后就消失了。

春天过完了，实习也结束了，阿城本来是要去另一个城市工作的。在离开这座小城的最后一天他还是去了小巷，然后去了实习的单位，这是阿尘最后一次诊断病人。

在那么多的病人中，阿城听到一个怯怯的声音，医生。阿城抬头，几乎是不敢相信，眼前的人正是自己日夜思念的人，若尘。阿城呆呆地看着若尘，她也看着他，好像有一生一世那么长，其实不过比春天还短。

阿城的心里一阵惊喜，原来自己思念的人在暗暗地寻找自己，竟然找到自己单位来了，阿城觉得一阵温暖，如果可能，阿城有些心动了，自己还会离开这个城市吗。当然不会，阿城想。

医生，最近我总是失眠，请给我开几粒安眠药吧。原来，若尘不是来找自己竟是来看病的，阿尘忘记了自己是一个实习医生了。

阿城说，我天天从小巷里走，再也没有遇上你，原以为，没有了兰花的清香，你是再也不会出现了，却不承想，你是病了。阿城知道，若尘是很严重的神经衰弱症，是需要调养的，阿城调好了药说，记得一天服三次，每次用温开水吞服。阿城送走了若尘，心里怅然若失，他下定决心，不再离开这座小城，这里有他牵挂的小巷和一个病人。他需要把她们医治好。

只是阿城再也没遇上若尘。春天过后，珠珠说，我们结婚吧。好吧，我们结婚。阿城几乎都没有考虑就答应了，只有婚姻可以留住自己，而珠珠她是一个富家小姐，珠珠是不会在意阿城一无所有的，因为，婚后，阿城什么都会有了。阿城现在最需要的是这座城市，他不想远走高飞了，他需要再次回到那个工作中，他在等待自己的病人，又仿佛不是等待。只是，阿城终于说服自己，留下来吧，当你爱上了这座城市和这座城市的某个病人时。可是这一切和珠珠无关和婚姻无关。

三年之后，阿城换了几个工作，他已不做医生了，在一家公司里做主管，这些都是珠珠的父亲帮助的结果。现在的阿城什么都有了。偶尔，阿城去谈业务，约了客户在一家咖啡屋里，那里有流动的音乐，那里有印刷精美的书刊画报，气氛很是浪漫，在等待客户的时候，阿城偶尔翻了翻报纸，其实，有多少天，有多少年没有读那些晚报了，阿城倒是真的不晓得。阿城翻得这样漫不经心，可是他的目光还是停住了，那报纸上是一张素描画，画上是一条小巷，小巷边有卖兰花的人，小巷里有熟悉的石子路，小巷里有一颗又一颗的小树，画上的一切都是那样的熟悉，阿城看呆了，这不是自己经常经过的那条小巷吗。再看下文是配的字：那个春天，我每天穿梭在小巷里，这里的风景在别人看来也许并不美丽，可是在我眼里它是美的，那个兰花飘香的春天，我遇到过一个深沉的男子，他每天穿梭在小巷里，他是去寻找另一个人的。他的寻找中不曾有我。每次每次我们在小巷的尽头分手，而幸福，就是小巷里行走的那段过程。

原来，这些唯美的图画和文字是若尘的。原来，若尘是一个画家。阿尘想尽一切办法，他打听到了若尘的下落。

只是阿城还是和往常一样，在若尘经过的路途，突然走出来，对着若尘的背影喊着，若尘。若尘回过头，看到阿城满脸的惊喜。好巧啊，在这里遇上你。是的，是的，我每天都要经过这里的。阿尘伸出了手，若尘迟疑了一下，还是伸出了右手。只是若尘的右手戴着一副手套，这是春天了，若尘的右手上却戴着手套，而且，阿城和她握手，若尘竟然没有摘掉手套的，难道自己的手有这么脏吗，阿城的心里有些难过。

若尘，春天来了，把手套摘掉吧。我喜欢你那双洁白如玉的双手，在我看到你的第一天起。阿城说。若尘摘下了手套，阿城惊恐地发现，那双修长的手指上面爬满了蜈蚣一样的皱纹。

若尘，若尘，这一切都是怎么回事。阿城几乎不相信自己的眼睛。一双纤尘不染的双手竟变得这样丑陋，是什么，改变了一切。事情的真相总是出人意料，思念是一场病，若尘说。面对阿城的女朋友，若尘只有将思念深深埋进心里，在不得已的情况下，若尘来到了医院看医生，若尘几乎要依靠药物才能维持睡眠了，然而若尘不会想到在医院竟会再次遇上阿城，这座城市太小，小得都容不下自己。阿尘开的那些药没有治好若尘的病，若尘依旧失眠，在一次工作中，若尘的头昏昏沉沉，结果，机器无情地搅伤了若尘的右手，若尘，她现在再也回不到那些图画中了，她是再也回不到思念中了，她愿意做一个完美的记忆，在小巷里保留，仅此而已。她一个人隐退着，找了另一份工作，在一个角落里疗伤。

当相思和春天一样老去时，有谁知道，一个不动声色的爱情让阿城号啕大哭。原来，若尘是那样地深深爱过。

自己一无所有和什么都有的时候，结果都是一样的，我们依然还会再次分手和错过。这就是生活，阿城对自己说。

春天，花都开了，但仍会有寒潮。

◀ 葡萄架下寄居的爱情

苏盈盈在新楼房的葡萄架下，刚抬起头来，就看到了柳小生。柳小生做着鬼脸从她面前一闪而过。那一张白皙干净的脸上，苏盈盈看到一团泥土如墨菊一样在他脸上展开着，样子滑稽得让苏盈盈笑出了眼泪。

这是新建的花园小区，他们都是新搬来的。细碎的阳光，把这座小区装饰得宛如春天的图画。

柳小生歪着脑袋把一个足球扔到苏盈盈面前时，正好把苏盈盈手中的画笔砸掉了，来，我们玩一会。柳小生不知何时洗净了脸，像个霸道的君主出现在苏盈盈面前了。那时，柳小生只有6岁，而苏盈盈12岁了。院子里，大片大片的栀子花弥漫开来，柳小生成了苏盈盈的邻居。

偶尔，在下雨天里。柳小生会咚咚咚去敲隔壁的门，说，盈盈姐，你背我去学校吧，不然，我不去了。话还没说完，柳小生腾地往上一跃，两只手已死死地缠住苏盈盈的脖子，整个人已严严实实地吊在苏盈盈背上了，苏盈盈只得蹲在地上，把他放下来，说，饶了姐姐吧，等出门了再背你。在苏盈盈背上，柳小生撑着伞，一路叽叽喳喳地说着话。那一段路，有着年少时光所有明朗的笑容。

柳小生 12 岁的时候，苏盈盈 18 岁了，那时候的苏盈盈依然是坐在葡萄架下画她的画，正入神时，突然感觉有两只温暖的手臂缠住了自己脖子，回头，看见柳小生一脸调皮地伏在背上了，苏盈盈站起来，转了一圈，然后蹲下，把他平放在地面上，说，以后不许再让姐姐背你了。为什么。柳小生眨着双眼，细长细长的眼睛眯成了月牙。因为，柳小生长大了，快和姐姐差不多高了，姐姐背不动了。苏盈盈说的时候，她的鼻翼上渗出细细密密的汗珠。

柳小生便站起来，拍拍苏盈盈的肩，拱手，扬声笑道，谢谢姐姐，等我长大了，我也要背你。

苏盈盈瞟了柳小生一眼，没有理会，只顾埋头看笔中的画去了。那时，阳光无限好。

依然是春天，小区里处处是花香和鸟语。只是，苏盈盈却没有想到，美丽的时光，这么快就要结束了。春天，父母婚变。家里，先是母亲搬走，然后是父亲又迎进一个女人。一切的快乐在春天开始，又在春天结束了，这个春天，苏盈盈选择了出走。

苏盈盈拖着一个大大的行李箱从家里出来了，她的手里，轻轻地摇着一串钥匙，那上面有两个银色的小铃铛，发出悦耳的声音。苏盈盈嘴里哼着一曲歌："流浪的人在外想着你，亲爱的妈妈……"柳小生听到歌声，气喘吁吁地从屋里跑出来了，一把拦住了苏盈盈，问，流浪的人会不会想我啊？准备到哪里去呢？苏盈盈把铃铛晃得更厉害了，说，再见了，柳小生，我准备到北京去流浪。

苏盈盈脸上居然是微笑。柳小生觉得安慰苏盈盈已经没有必要了，只注视着那两个晃动的铃铛，说，两个铃铛，我要一个，也不等苏盈盈开口，手中早已篡下一个，等我到了北京再还你啊。柳小生说。

那是我祖母留下的呢。苏盈盈看着钥匙环上一只孤零零的铃铛无限伤感地说，现在，它和我一样成了孤家寡人了。

那你等我啊。柳小生一歪头露出一个调皮的微笑。

为了北京的梦，柳小生足不出户，把自己埋在课本里。柳小生一直盼望着北京的来信。等了很久，却等到了苏盈盈父亲的问话，知道苏盈盈去了什么地方吗，这孩子，手机也换了，和家里断了联系了。

秋天，柳小生终于等到了一封北京的信，可是落款的地址上，只有两个字，北京。柳小生不知是欣喜还是失落，他打开信纸，看到一张照片。照片的背景是一条街道，北京的秋天很美，街道上落满了不同颜色的叶子。苏盈盈在树旁的椅子上安静地坐着，眼睛和秋天一样静美。照片的后面有一行小字，上面写着，北京，在等你。

北京，在等你，这几个字成了他唯一的动力和目标。

苏盈盈的父亲去了一趟北京，可是终究没有找到苏盈盈，苏盈盈再也没给家里和柳小生联系了。苏盈盈和柳小生从此失去了联系。

九月的北京，柳小生走过无数条落满叶子的街道，他甚至找到苏盈盈坐过的那条长椅，可是，却没有苏盈盈。

偶尔，一个叫白雪儿的女子会去柳小生的住处，帮他洗大堆大堆的衣服。可是柳小生的眼里只有苏盈盈。曾经沧海难为水，除却巫山不是云。她们又怎能懂柳小生的心。

再和苏盈盈相逢时，是一个偶然的下午，那是一个画展会上，苏盈盈在会上发言。柳小生拿着一个铃铛对工作人员说，麻烦你把这个拿去给那个发言的人，就说有人找她。

见到柳小生的一瞬间，苏盈盈怔住了，从前的那个柳小生真的长大了，站在眼前的是一个英俊的小伙子，高高的个子，挺直的鼻梁，全身上下透着一股说不出的帅气。

苏盈盈一头秀发如瀑布一样直泻下来，有一种特别的美。这种美在柳小生眼里从来就是与众不同的。

盈盈姐。苏盈盈听到柳小生的声音。这个温暖的词汇，从柳小生的嘴里发出来充满了磁性，有一种说不出的亲切感。原来，在北京，和柳小生相逢竟可以这样的美好。

柳小生出现在苏盈盈的面前，手里递过一把伞，盈盈姐，我来接你回家。

雨，是什么时候下起来的，苏盈盈还真的不知。雨还在继续下。街上的水已来不及流失，苏盈盈穿的皮鞋已经进水了。苏盈盈说，快拦一辆出租车吧。柳小生说，不用，让我当一回出租车吧，来，我背你吧，就像你当初背我一样。在那个黑暗的拐角处，柳小生真的把苏盈盈背在身上了。

空气中流动着一种甜蜜的芬芳。一把雨伞上的雨水哗哗地流失。时光仿佛就在雨水中倒流了，有一种说不出的美好。

苏盈盈递了一杯水给柳小生。柳小生说。再以后，就倒两杯水放在这里，要是哪一天杯子里的水只剩下半杯了，那一定是我来过了。柳小生的眉宇里全是笑意，那么地亲切。

苏盈盈忙于画展和应酬。她已经有好几个星期没有见到柳小生了。

又是一个雨天，苏盈盈回到寝室里，发现那一杯水真的只剩下半杯了，然后，她发现沙发上的一堆衣服，已经挂在阳台上，正滴着水，鞋子也摆放得整整齐齐。床上也被刚刚抚平过。床头柜上有一大把鲜花，有玫瑰，有满天星，那是刚刚插上去的。苏盈盈的房子里，一向就是这样的凌乱的，可突然间，它变得这么洁净了，苏盈盈竟感觉有一种家的温馨，她知道，柳小生来过了。

这个柳小生，他总是以自己独特的方式告诉苏盈盈来过。苏盈盈看着整洁的屋子，有一些感动。

元旦的时候，苏盈盈和柳小生喝咖啡。柳小生说，有一个重要的事告之。苏盈盈说，我也有个重要事，你先说。柳小生呆呆地看着苏盈盈，好像有一生一世那么长。其实也不过几秒钟。

这些话，我想了很久了。柳小生慢慢地搅着咖啡，仿佛搅着一段心事。

不要说。苏盈盈说。我知道你要说什么了。还是听我的重要事吧。

柳小生问，你重要的事是什么事啊，是不是和我一起回花园小区去，我这就给你父亲打个电话报喜。

苏盈盈说，是这样的，明天，我就要离开北京了。

柳小生心里一阵苦涩，心里有些什么轰隆隆地倒塌了，只含糊地哦了一声。

苏盈盈说，和我男朋友一起，我们要去加拿大。

柳小生偏着头，一个顽皮的笑容在嘴角展开。你的男朋友，我怎么一次也没见着，我可以和他竞争吗？

苏盈盈迟疑了一下，说，可你是我的弟弟呀。

柳小生就低了头，继续喝咖啡。原来，从小到大，苏盈盈一直是把自己看成是弟弟的那个角色啊，他寻找过的人，他一直思念着的人，说走就要走了。

不过，我们会在那里见面的。柳小生继续说，那时，我可不想做弟弟和你成为亲戚关系。

前不久，因为不想去加拿大进修，柳小生和父亲吵了一架。其实去和不去都因为苏盈盈啊，既然苏盈盈现在要去，他也一定要去的，按他的话说，他要和苏盈盈的男朋友公平竞争。

半年后，柳小生去了加拿大，可是苏盈盈像是蒸发了一样，柳小生再次返国时，时间已过去了三年。

三年之后，柳小生做了一个公司的主管，三年的时间是多长，他倒真是不晓得，但三年的改变却那样真实。柳小生有了公司，有了自己的一切。之后，柳小生谈了若有若无的几次恋爱，只是，他没有找到恋爱的那份感觉。

六岁是一个沟，柳小生比苏盈盈整整小了六岁啊。他们注定无法越过。此时的苏盈盈一定早就完婚了吧。柳小生想。

那个等了柳小生很多年的白雪儿，还在继续来到他的住处，帮他洗大堆大堆的衣服。终于有一天，白雪儿说，柳小生，我们结婚吧。好吧，结婚，不结婚又能怎样呢。只是，柳小生时常想起和苏盈盈度过的那些快乐时光。

在一次朋友聚会上，柳小生看到了一幅作品，竟是苏盈盈的画。一打听，才知，苏盈盈没有去过加拿大。柳小生的心如月光一样碎了一地。原来，苏盈盈一直狠心地回避着自己，一个人，独行在路上。

春节的时候，柳小生从北京回到了家乡，他只是想看看花园小区现在的模样，他只是想回忆年少，那些快乐的时光。父亲说，真巧，苏盈盈也回来了，苏盈盈的父母又结合了。柳小生的心里一阵激动，恨不得和从前一样马上飞过去。时间过去了这么久，他还有一份年少的心事。

柳小生看到了苏盈盈，问，没有和男朋友一起去加拿大为什么不给我打电话呢，要知道，我是因为你，才去的。我回来后又四处找你，原来，找来找去，你就在离我最近的地方啊。

苏盈盈没有回答柳小生的话，她拿出一个寄居蟹，问，你说，怎样才能让寄居蟹出来啊。

柳小生在书上看过，螃蟹钻入贝壳成为寄居蟹。成为寄居蟹后，情形不同了，它变得爬行缓慢，反应迟钝。只要有定期的潮水，它们就会赖着不回大海。但是一到枯水期，它们得不到食物，就会拼命爬回大海，最终能长成一只很大的蟹。

那需要断掉它的水源啊。很多人都知道的。话一出口，柳小生才蓦然地记起，一本书上说过的，断掉水源的寄居蟹，才能回到大海。原来，苏盈盈狠心地离去，就是想让柳小生去加拿大啊，得到自己该得到的一切。比如，现在拥有的身份和地位。柳小生什么都明白了。

其实，现在的一切对我都不重要，重要的是，我的爱情，从6岁时就寄居在了葡萄架下。

柳小生号啕大哭着。只是，苏盈盈不知道，那些，葡萄架下的寄居的爱情，同样被断掉了水源，断得如此疼痛，一直疼到柳小生的心里。

◀ 小 镇

小镇很小很落后，偏偏吸引了大批的游客，没办法，人们喜欢上了这里的古朴自然。

可陈怡然不喜欢，他是个喜欢热闹的人，却偏偏分到这个巴掌大的地方。下班后的同事都开着车子回城了，而他无处可去。苦恼、沮丧的时候，他就在小镇里找痞子们喝酒、抽烟。醉了，才感觉整个小镇就是属于他的。

真的，在小镇里，他接待了好多的朋友和同学，她们都喜欢来这里。可这里有什么好的呢。

接到小微的电话。陈怡然正约了痞子郑三去喝酒。

小微的声音像一阵轻风吹来，她试探性地问，今晚我会到镇上去看你，你在吗。

在呀，我一直在。你能来，我很高兴。陈怡然的声音很低很温和，仿佛他盼望她很久了一样。挂了电话，陈怡然脸上也挂着喜悦。他对着郑三大喊，今晚我请你到高档的酒店。

这是请我还是请那位姑娘呢。郑三不解。

当然是请你，她来不了的。你想啊，她是来镇里考察学习的，住在的是刚开发的大洪山风景区啊。大洪山是小镇最偏远的地方，早就没有班车了，她来得了吗？她来不了，我们就能安静地喝酒了。更何况，她也不是什么美女，是一个普通得不能再普通的女子，有一个普通得不能再普通的名字，小微。

有多少个像你这样的负心汉，就有多少痴情女啊。不喜欢就直接拒绝，让我们也能安安静静地喝一次酒。郑三说。

生活需要调剂。有些人就是用来调剂生活的。你不觉得有种恶作剧的快感吗。陈怡然问。

哪里有什么感觉，又不是美女下凡。郑三显然没什么兴趣。

进入酒店的时候，陈怡然又打了电话给小微，走到哪里了呢，快点过来啊，你来了，我要带你去最幽静的小巷里散步，去镇上吃你没吃过的特色小吃。

没想到这地方如此偏僻，我还没出发呢，一辆车也没有。小微说话的声音很低。

没有车就对了。他的快意比酒更浓，他对郑三说，你知道吗？小微的腿有些行动不便，她从不穿高跟鞋，她的脚扭伤后留下了后遗症，左腿有些轻微跛。

还是一个跛姑娘，你早该一口拒绝掉。郑三说。

酒店里的人忙忙碌碌，服务员端着盘子走得飞快，客人们也没闲着，喝酒、聊天、玩手机，每个人都无法安静。

陈怡然更是无法安静。他开了一瓶酒说，今天再不会有人来打扰我们喝酒了，我们不醉不归。

为你的不地道、不真诚，罚酒三杯。郑三早一步拿过瓶子给他倒满了酒。

陈怡然不怕罚酒。他刚喝完三杯酒，就接到了小微的电话，我已到了小镇的街道口了。你在哪里呢？

什么，你到了街道口了，你找到车了，你不是在骗我吧。陈怡然慌了，真的慌了，他站起来接电话时把桌子都撞动了，酒杯哐的一声倒在了桌上，酒水顺着桌子往下滴。

是的，我找到了一辆摩托车送我，人家只要两百元呢。

什么？你找到了摩托车坐过来的，那么远的山路啊，他收了多少？两百元啊，我的好妹妹，你被宰了，白天出租车最多五十元呢。

陈怡然挂了手机，一脸惊慌地跌坐在椅子上，说，你倒是快点喝啊，喝完了还得去接人呢。他这才发现酒瓶倒在桌上，酒都快流光了。他赶紧把瓶子扶起来心虚地看着郑三。

不喝了，每次喝酒你都有事。郑三两眼无神地望向窗外。

唉，谁让自己长了一张俊美的脸呢，那时候，我总是被很多女学生暗恋觉得幸福，如果没记错，小微也是其中一个吧……现在，她们一个个都大老远地跑来见我，人多了，我天天要接待，一点也幸福不起来了。不过，和小微见见面，也是一件好事情。我要快点赶到街道口接人去了。

陈怡然刚抬脚，手机就响了，竟是上司打来的电话，陈怡然，今晚不把统计报表交给我，你明天就不用上班了。

他愣了，这才记得自己忘记了统计报表，其实，这是明天会议上需要公开的数据。

上司动怒了，陈怡然老老实实答话，我这就回办公室。

你什么时候统计出来，我要一个准确的时间。

十一点可以吗？

好，超过一分钟，你就不用给我了。说完上司挂了电话。陈怡然后悔了，为什么不说十二点呢，要知道，小微来了呀，怎么办？

陈怡然望着郑三，兄弟，只有你可以救我。

你不会是要我去帮你统计数据吧，我可什么也不会啊。别指望我。郑三一脸的漠然，他只顾自己大口地吃着菜。

你帮我去接小微。要知道饭碗比感情更重要的。

我就知道，你请我喝酒，喝到最后都是有事找我帮忙。郑三很不情愿抹了抹嘴，一转身走掉了。

走到办公室里加班，只听到自己的脚步声回荡在空空的走道，这个夜晚多么安静啊，可是心里再也安静不下来。因为小微来了。做完了报表已是大半夜。

窗外，清冷的街上，黑灯瞎火的，路灯早就灭了，人们也进入了梦乡。他这才想起小微，赶紧给郑三打电话。

郑三说，她刚离去。再打小微的电话已关机。

我不是让你接她吗？谁让你把她送走的啊。到底失信了小微，陈怡然心生歉意。

不送走，你还留她过夜啊，我帮你陪她在小镇上转了几圈，然后直接帮你拒绝了，现在，她回了她该回去的地方。到底是一个普通得不能再普通的女子。

你……陈怡然气得说不出话来。

知道吗？小微不是你要的那碟菜，你喜欢的类型谁不知道呢，大方的、风情的。而小微，他就像这个小镇一样古朴安静。你是一个喜欢热闹的人，她太不适合你。她的腿有点跛，有缺陷……

你他妈的给老子闭嘴……陈怡然大怒道。

原来，你喜欢她！郑三恍然大悟。

起风了，陈怡然不停地拨打小微的电话，直到手机自动关机，回到宿舍里，有几道闪电之后，就是暴雨，居然灯光一闪，停电了，这个偏僻的小镇，这个落后的小镇，风雨中，居然断电了。

手机再也用不了，人生仿佛与世隔绝一般。一切都安静下来了，可是，陈怡然的心无法安静，他居然一夜没睡。可怜的小微曾经为了给他送一把雨伞，从山上摔下来扭伤了脚……没有人知道，他这些年来心中的痛。

小镇虽小，可也有自己的优势，它的古朴自然吸引了更多外地人，有什么理由不喜欢小镇呢，它和小薇一样那么地自然纯朴……

◀ 零点时光

　　周比生见到宁晓眉是在零点时光里。

　　那时候，找周比生做头发的女子不计其数，她们大多涂着宝蓝色的眼影用暧昧的眼光打量着他，说，六号，我的头发你做主。

　　周比生是六号，一个非常吉利的数字，此时的他会点头微笑一下，眼睛又深邃又迷离，而笑容就像阳光，一下子把女子的脸照得明亮起来。

　　轻柔的音乐和着电吹风吹出的风声，让周比生无比自信，椅子的后面找周比生做头发的女子已排了一条长龙了，粉嫩粉嫩的裙子，又尖又细的高跟鞋，不用细看，都是全市时尚的女子。

　　你就是——周比生发型师吧。她没有说他六月号，直接叫出了名字。声音很柔美，就像电视里女播音员的声音。

　　周比生抬起眼睛看见了宁晓眉。出于职业习惯，他首先注意到了她那一头又黑又直的头发，在幽幽的灯光下发出迷人的光泽。那光泽度和柔软度在周比生的视觉检阅下几乎就是满分了。

女子歪着头，她的嘴角勾起迷人的弧度。

专业的发型师在工作时，是应该忘记自己与顾客的性别的。可是，此时的周比生那颗沉睡已久的心突然之间醒来的。

没错。我就是。周比生礼貌地点了点头，他嘴角鲜亮，好看的眼睛在午夜更为生动。在他看来，自己是一个二十来岁的未婚男青年，而不是一个二十来岁的发型师了。

那好，我等你。她安静地坐到了长队的最尾端。

手中的电吹风突然加快了速度，就像周比生的心跳一样，突然加速了。原来，一个人被一个人吸引竟是这样的快。也许，这就是传说中的一见钟情。

周比生看着那些等他的顾客，一个、二个、三个……尽管他用了最快的速度，可是，宁晓眉还是足足等了一个多时辰。

你想吹什么发型呢，周比生看着镜子里的宁晓眉，收起那颗跳动的心，用职业发型师沉稳的声音问道。

我只想吹出一个大大的问号来。她调皮地望向他。中指上的戒指，上面由蛇、宝石和骷髅组成。

是啊，一个大大的问号。一见钟情又如何，对于他来说，她就是一个又一个大大的问号呢。

自己不过是一个打工者，也许她出自名门，有着高贵的血统，那就别做白日梦了吧。周比生想清楚之后很好地恢复了状态。他给自己定下了目标，那就是最终离开这里，当然是另立门户了，他需要挣更多更多的钱。

在零点时光，周比生忙得像个陀螺，他的接待量几乎占了整个发型师的一多半。在这个城市，他的手艺几乎到了炉火纯青的地步，吹、剪、烫全是跟随国际潮流，更多的顾客涌向他，忙不过来的时候，就把客户分给了助理大健。零点时光的生意因为周比生异常火爆。

一个午夜，宁晓眉成了他最后一个客人，笔直的长发吹了一个大波浪的造型。也许，无论白天再清纯的女子，到了午夜都要吹出成熟性感的大波浪吧。这个城市处处都充满了暧昧。

宁晓眉用两根手指夹了几张钞票递过来，这里有你的小费。

谢谢，可我们这里不能收小费的。他把钱退回去。

那我们去喝茶吧。就在行街对面的时光倒流咖啡厅里。

哦。他看了他一眼，那目光惊心动魄的美丽。谁说大波浪不好看呢，它是这个世界上最性感的符号。

周比生和宁晓眉并排坐着，他把咖啡加了糖搅拌着，说，咖啡就是力量和热情的意思，张嘴，看看我的热情够不够。他把咖啡递到她的唇边，也就是想证明自己除了懂得发型也懂得生活的情趣。

她看着他，抿着嘴笑了，唇上有一层无色的唇膏，在灯光下异常地亮丽。

知道吗，你的手指是艺术家的手指，它很修长。她接咖啡的时候手指划过他的手心。

我只想把你的头发打造得更艺术。他轻轻地拥住她，抚摸了一下那头浓密的卷发。那是他的杰作，像一件完美的艺术品一样

最美的年华遇上你

美丽。她侧过头来用嘴唇堵住他的嘴，立刻一种清香在空气中弥漫开来，像五月栀子的花香。温暖传遍全身，定格为永恒，那一瞬间，周比生觉得结婚是一件很期盼的事情。他想，也许这就是爱情，总是在你不经意的时刻就来到了。也许，它来得比预想中的早了点儿，但那又有什么关系呢，如果可能，他几乎立刻就想到和宁晓眉结婚的。他真的动心了，在这样一个陌生的城市，对一个女子动心真是太难了。

爱情，就是赐予你无穷的力量。周比生又确定了新的目标，那就是挣很多很多的钱，那些钞票能给宁晓眉一个幸福的生活。

一个人想出名，也并不是件难事，就像现在，谁都知道，零点时光有一个叫周比生的发型师，他做出来的发型引领这个城市的潮流。无论何时，他的脸上都是挂着一抹迷人的笑，白色的衬衣领子在灯光下发着幽兰幽兰的光，整个人站在那里就是一道风景。更多的女子围在他的身边，她们几乎凑在他的耳边问，阿生，你看看我的脸型适合做哪种发型呢。

这时候大健会立刻蹦出来，他拿着发型书，指着一款发型说，姐姐们，你适合做这种梨花烫的。又寂寞又美丽的梨花烫。

周比生不说话只是默默地点头。他当然明白，那一款并不是最适合的，但是最贵的那种。可是，只要用心了，任何一种发型都有它的美丽。

梨花烫它居然适合所有的人。周比生做好发型后，大健就会像发现新大陆一样叫喊。

这个城市真的很美，未经污染的空气和流水，蓝天蓝得就像女子的眼影一样美丽。只是，周比生更忙了，他没有时间顾及这些。等到有空闲时间时，已过去了大半个月了。宁晓眉是多久没来到零点时光了，他都记不起了。出于一个发型师的职业习惯和矜持，他没有给宁晓眉打电话，而他的电话也一直没有响起。寂寞是什么，寂寞就是冲 50 元话费，一个月再加一个月都用不完的。

周比生离开零点时光的原因很简单，那就是街对面"风卷云"的老板开出了更为优厚的待遇。不过，在周比生看来，宁晓眉经常出没于新的发型店成了他跳槽的真正原因。

是的，宁晓眉就像人间蒸发一样。她为什么再也没有来过，她为什么再也没给他电话的？她为什么要去"风卷云"，一个竞争对手的发型店呢。

一切都充满了疑问，一天晚上，他终于看见了宁晓眉，她手中提着 LV 的包包打他面前走过，异常刺眼。她的头发不知何时已拉成了重直的长发，原来，他精心为她做的一款梨花烫早已成了过去式。所有的问号都已解开。在与他目光对视的一刻和透出完全的陌生里，周比生已知道了结局，他张了张嘴没有喊出她的名字来，却把手中的剪刀"哐"地一下掉到了地上。

夜晚客人少的时候，周比生躲在角落里，丢下所有的自尊给宁晓眉拨通了电话，再次向她表明心迹，约她见面。可是宁晓眉口气极其冷淡，不就是和你接过一次吻吗？难道一个吻就让你爱上我，终身不娶吗？周大发型师你在开玩笑吧。

恨恨地挂了电话，回到椅子上生着闷气。"风卷云"发型店轻柔的音乐和电吹风的声音还在继续响着，可此时，再也没有了

最美的年华遇上你

以前的那份心情，这里的空气变得沉闷无比。

看到没，刚才来的那个直发女子就是咱们老板的情人。咱们老板又加盟了新店，又换了一个。

包养有什么不好呢。我倒是希望有人也把我包养了去。几个助理隔着一面镜子议论着，笑容和纯真写满了稚气的脸。从椅子边站起来，周比生的眼睛突然一黑，忙碌的工作在夜晚突然轻松下来，却让他差点儿摔倒。

这就是自己追求的爱情吗？有更多更多的钱又能怎么样，他第一次觉得，口袋里的钱突然失去了价值。原来，宁晓眉对自己不过是一时的高兴罢了，他还天真地以为那就是爱情呢。她和那些风尘女子有什么两样呢，两样过着一种寄生虫一样的生活。曾经，他最为痛恨的就是这种女子。失恋的味道是什么滋味呢，那就是突然对挣钱没有了欲望。

一个月后，周比生提出辞职。

不会是那几个富婆要包养你吧？老板很有兴趣地问道。周比生点了点头。是的。我接受了。原来，连老板都看出来了，那个每隔一天都来找他做头发的叶菲儿，早就对他动心了，只是他的心已麻木。

周比生从老板那里得到了一笔丰厚的工资，在这个城市失业了。

从零点时光里过来的大健代替了周比生的位置。这个结果，完全是意料之中的事情。

只身去了南方，却依然不甘心地给宁晓眉发了短信，我也被包养了，如果，你还愿意，我的手机一直为你开通。明知道不会有结果，却还是发了这样一条短信。

是的被包养了，只有这样，他和宁晓眉才有一个一模一样的起点。

换了地方，换了姓名，换了一种心情，在广州重新开始自己。依然是轻柔的音乐和着电吹风吹出的声音，让周比生无比自信，椅子的后面找周比生做头发的女子已排了一条长龙了，粉嫩粉嫩的裙子，又尖又细的高跟鞋，不用细看，都是全市时尚的女子。

你就是——6号发型师吧。声音很柔美，就像电视里女播音员的声音，给人一种无法拒绝的吸引力。周比生抬起眼睛看见了她，竟是宁晓眉。

是命运的捉弄还是缘分呢。一时，周比生愣住了，是谁说过的，爱是世间奢华之物。他终于又看到了她那一头秀发在阳光下发出迷人的光泽。